U0618024

小院桂花落

张学勤 ◎ 著

首都经济贸易大学出版社
Capital University of Economics and Business Press
·北京·

图书在版编目（CIP）数据

小院桂花落 / 张学勤著. -- 北京 ： 首都经济贸易
大学出版社，2024. 11. -- ISBN 978-7-5638-3766-3

Ⅰ. Ⅰ267

中国国家版本馆 CIP 数据核字第 2024MM3981 号

小院桂花落
XIAOYUAN GUIHUA LUO
张学勤　著

责任编辑	彭伽佳
封面设计	砚祥志远·激光照排　TEL：010-65976003
出版发行	首都经济贸易大学出版社
地　　址	北京市朝阳区红庙（邮编 100026）
电　　话	（010）65976483　65065761　65071505（传真）
网　　址	http：//www. sjmcb. com
E - mail	publish@cueb. edu. cn
经　　销	全国新华书店
照　　排	北京砚祥志远激光照排技术有限公司
印　　刷	北京九州迅驰传媒文化有限公司
成品尺寸	130 毫米 ×185 毫米　1/32
字　　数	182 千字
印　　张	9.875
版　　次	2024 年 11 月第 1 版　2024 年 11 月第 1 次印刷
书　　号	ISBN 978-7-5638-3766-3
定　　价	52.00 元

前言

燕子来时，春耕忙

油菜花、桃花、杏花、红叶李花争先恐后绽放的时节，春天便来到了蜀地的小城。河边、路边、院落边就像小朋友玩贴画一样，只要有空白的地方，就一定努力地添上几树花朵，凑近了就能看到粉色、红色、白色、金黄色的花朵中冒出来的花蕊，那些花蕊如同小姑娘长长的眼睫毛一样的萌动，一样的惹人喜爱。

人间三月，燕子归来。

小院子外的大柳树，垂下的柳枝，几乎是一夜之间发出新芽，果真是唐诗中"碧玉妆成一树高，万条垂下绿丝绦"。春风中摇曳帘幕一般的柳丝，两只黑亮的小燕子在其中穿行，穿过柳丝，进到它们今年要寻找的小院子。

记得去年这个时节，两只小燕子在院子廊下的柱子上衔泥筑巢，开开心心地安家落户，孵化出三只小燕子，雏燕总是会张开大嘴巴，等着燕子妈妈和燕子爸爸来喂食。

晚上睡觉的时候，毕竟一窝燕子，一大家人啊，房子挤了一点，大燕子就把尾巴撅到窝外睡觉。

去年，熊孩子就非常稀奇地看着这一家子热热闹闹地过日子，它们筑巢的时候，我还在和熊孩子一起背诵"几处早莺争暖树，谁家新燕啄春泥"的诗句。

"快看，快看，小燕子又回来了。"熊孩子欢蹦地嚷着，用手指着廊下两只燕子，它们正在屋檐下的墙上趴着，叽叽喳喳叫个不停。

如果还是去年的那一对燕子的话，就说明它们是真的喜欢这个院子，也喜欢上了在这里住的一家人，他们友好和善，相处得当。去年它们修建在柱子上的窝，防风防雨，还相对安全独立，猫猫狗狗够不着，也爬不上去，可以放心地养小宝宝们。

可是，由于廊下的方柱子上贴的是瓷砖，估计瓷砖的吸附性不强，小燕子们走后，燕巢就滑落下来了。

看来，今年它们已经汲取了经验与教训，决定不在柱子上筑巢了。

既然要当邻居了，就叫两只燕子，一个是燕子姑娘，一个是燕子小伙吧。叽叽喳喳，叽叽喳喳，不停地来回绕着屋檐下飞，一会儿，两只小脑袋就又挤在一起，趴在屋檐下，研究怎么开始动工。

叽叽喳喳，它们在说话："今年，咱们还在这家么？

亲爱的。"燕子小伙说。"当然啦，这家人多和善哪，你看去年，孩子们拉了很多的粑粑，这家人也没有烦，也没有驱赶，而是在咱们的窝下面放了一个硬纸板。"燕子姑娘说。

"那就听你的，就还选这家，可是，你看到没有，院子中的熊孩子已经长高了，而且还像孙悟空一样，总是拿着一根棍子耍来耍去。这个熊孩子会不会拿他的棍子戳我们的鸟窝呢？"燕子小伙看到熊孩子在院子中，拿着一根长棍子耍来耍去，呼呼作响。

"哎呀，你要观察啊，这个熊孩子很喜欢咱们啦，从去年咱们来，他总是仰着头看我们一家。现在个头比去年长高了，也喜欢耍棍，男孩子嘛。不过，他的那几根棍子，都是用来帮助隔壁黄狗打架的。村口的黑狗和花狗经常合伙抢隔壁黄狗的伙食，它们吵起来的时候，熊孩子就拿着棍子出来，帮助邻居家的黄狗，把那一群狗赶走。你就放心吧。"燕子姑娘叽叽喳喳一阵子，打消了燕子小伙的顾虑。

的确，村子里的狗很多，各种体型，各种毛色，而且喜欢拉帮结派，尤其是一只花狗，仗着个头大一点，经常带几只小弟横行村口，遇到不熟悉的人，就会做出吓人的样子。如果看到你手里拿着一个棍子，它们会很低调地躲着你走，甚至低着脑袋，头也不回，快速溜走。

所以，我们就给熊孩子准备了几根棍子，权当"打狗棒"，村里的狗狗们见了他也就不再那么凶地汪汪了。对于隔壁邻居家的小黄，熊孩子总是把吃剩的骨头拿给它。小黄只要听到邻居来了，就会摇着尾巴跑出来。正是如此，熊孩子才会帮助小黄对付那一群狗狗。

不过，熊孩子总是希望这根打狗棒能够像孙悟空的金箍棒，可大可小，甚至可以藏在耳朵里，这样就可以不费力地拿在手里了。爬山的时候，熊孩子还可以把从山上田里拔下来的三根新鲜的带着泥土的胡萝卜，用长长的翠绿的萝卜缨系起来，挂在棍上，扛在肩头下山，那气势，颇有点儿"大王派我来巡山"的骄傲，让一路上爬山的人都羡慕不已。

"哎呀，你看，熊孩子在院子中生火呢，烟雾缭绕的，这会不会熏着我们的孩子。"燕子小伙看到了熊孩子正在院子的炉子里生火，点燃的笋壳，加上几块木柴，烟雾马上飘了一院子。

"不要紧张，不要紧张，亲爱的，前两天我都看了，他们也在劈柴生火，他们是在烤红薯，还听到他们说过了冬的红薯烤着最好吃。后来，我闻到烤红薯香甜的味道，简直要流口水。不用担心啦，熊孩子很快就要回学校了。总听人类聊天说，鸡娃呀，刷题呀，也就是小朋友们在学校的时候，上各种辅导班，都在拼命刷题呢，玩耍的时间都很少了。"燕子姑娘叽叽喳喳，果然对孩子的教育和培养，是大家都关心的话题。

"那人类的小朋友们多可怜啊，玩耍的时间都没有了，哪里还有什么学习的乐趣呢？没有乐趣的学习，他们也就没有探索各种奥秘的动力了。你看，我们燕子都是教给孩子们觅食的能力，但是需要在大自然的花草树木间，边玩耍边飞翔边学习啊。否则，小鸟们躲在窝里刷题的话，就没有飞翔的能力了。"燕子小伙叽叽喳喳："走吧，走吧，咱们千万不要像人类一样，咱们的孩子要在大自然中成长，要和大自然的花草树木做朋友呢。"燕子小伙带着燕子姑娘飞出去，找筑巢的材料了。

熊孩子正在用烧黑的烧火棍，在地上涂涂写写画画，就问我："小燕子怎么不停地往外飞呢？"

"小燕子要抓虫子吃啊，就如同大人们要工作一样，不过呢，小燕子可是一边看春天的花，一边唱着歌，一边工作呢，尤其是，它们选窝的地方，一定是可以遮风避雨，房主友善和气，它们才愿意安家落户，这就跟人们喜欢一个城市一样，既要有好的工作条件，还要有舒服的氛围呢，比如，你看，成都有雪山有茶馆，我不就过来了么？"这么一回答，我突然觉得，人和小燕子一样，择良木而栖，择一城而居。

"还有，春天是小燕子们最喜欢的季节，适合它们到处抓虫子吃，这样也是保护村里的花草树木。就像你们老师教的，幸福的生活需要劳动来创造，小燕子也是在劳动啊。你看隔壁的邻居，是不是也在忙着翻地，施肥，种下新庄稼，还有青椒、茄子、西红柿等蔬菜呢？不然，夏天的时候，你怎么能摘到新鲜的西红柿呢？何况，平时人和动物吃的蔬菜从哪里来的呢？你看，隔壁叶婆婆家的大鹅，是不是每天都要吃很多的蔬菜呢。"四川人在种蔬菜上简直就是一绝，即便是门前巴掌大的空地，都能够种出萝卜、小葱、辣椒、青菜，这几天正是忙春耕的时候，隔壁邻居早已经把门前的土地翻得齐齐整整了，该种菜的种菜，该种柑橘树也种下了，总之，有土地的地方，都种下了希望。

"是呀是呀，隔壁叶婆婆的篱笆内，我还看到刚刚孵出来的一群小鹅呢，毛茸茸的，黄黄的，肥肥的，走路一晃一晃，它们冷的时候会挤在一起取暖呢。其中有一只黑色的，是不是会长成黑天鹅呢？"熊孩子每次路过叶婆婆家门口，都会去看那群小鹅，看它们在草丛中低头找虫子。

"有可能呢，不过呢，不管是小燕子，还是小天鹅，都需要在田野里找虫子吃，都需要在田野里撒欢，都需要在春天的时候尽情地晒太阳。咱们也一样，春天来了，既要忙着春耕、种庄稼，也需要去爬爬山，看山里的竹笋钻出地面，看山里的树枝发出嫩黄的芽。"春日燕子来时，春耕忙，春茶香，还是要写一点生活的点滴，关于小院，关于城市里生活的现代人乡愁深处的念想。沉淀下来，就成了这本小书。

这本书便是关于蜀地的山村生活，春来杂花生树，夏日山涧溪水，秋月一院桂子，冬天煮茶围炉，四时流转，从容恬淡。

目录

一年将尽夜，万里未归人

老家下雪了，大哥用手机拍了洋洋洒洒的雪花飘落，发在了朋友圈中。

我立刻，就有说不出的亲切，黄河大堤的南边，万亩良田，一片白茫茫，还隐隐约约地透着一缕缕的绿意，那是大雪下面覆盖的冬小麦。

我这个年龄段的人，基本上都知道一句话，就是"今年麦盖三层被，来年枕着馒头睡"，因为小学语文课本中有这样的一句话，配的彩图还是一位老农，穿着羊皮袄，笑呵呵的样子，满脸都是常见的皱纹。

曾经这样的皱纹很熟悉，李家的爷爷，王家的爷爷，总之，村子中的老爷爷都有这样的皱纹，当然，包括我的爷爷。他们的皱纹总是和箩筐，和老牛，和青草，和夕阳联系在一起，因为，每次碰到都是我们孩童放学的时候，他们或者是牵着牛，或者是背着青草，夕阳的映照下，古铜色的肌肤，慢悠悠地弯着腰走。

再后来，我的爷爷那一代人都走了，也很少再看见那样的皱纹，那种健康的皱纹，粗糙的，黝黑的，沟沟壑壑的，那种总是与青草和老牛在一起的皱纹。城市里也有老人家的皱纹，但是他们的皱纹太白，他们的皱纹似乎没有经过日晒，关键，他们的皱纹边从来看不到一捆捆的青草，看不到嘴巴不停嚼东西的老牛。

不知道是不是家乡离我太远，还是我离家乡太远，说出来的感觉竟然成了陈年旧事，本是最常见的视觉的画面，竟然成了需要用文字来陈述的东西。

一代人有一代人的感觉，一代人有一代人的语言，是不是，一代人的乡愁？在我们共同的语言中，藏着我们共同的时间体验，只是，同龄人都忙着东奔西走，谁还能坐下来，听你讲那过去的事情呢？

至于，比我们年龄小的人，或许还以为，我们讲的，是很遥远的故事，是虚构呢。

记得，读硕士的时候，有一段时间我遇到了困难，很是困惑，有一天晚上卧谈的时候，同宿舍的大哥说他读初中的时候非常讨厌学校，就从学校跑回家了，不想上学了。到田地里，看到他爷爷背着箩筐拾粪，就对他爷爷说："我不想读书了。"他爷爷没有生气，也没有责骂他，只是接着弯腰干活，慢慢地和他说："种庄稼不容易啊，不是你想不想，咱也得继续种，你看我这么老了，还在种。你看这小麦，没有粪是不行的哈。"

当时，看到爷爷那么老了，也没有责骂他，还在不停地干活，他心里很难受，就觉得爷爷干活和他读书一样，总要继续干下去。

他又回了学校，他爷爷没有讲出什么大道理，就是要继续干活，生活或许就是这样的普通的努力，普通的继续。我同学说："后来，只要碰到不想做的时候，想起爷爷的在田地里干活的样子，总还是继续做下去，不是什么动力，就是觉得，生活就是爷爷说的要继续。"

他絮絮叨叨地讲，我睁着眼睛，躺在床上，认认真真地听，想起自己的爷爷，想起自己的小乡村，默默地对自己说，生活总是要继续，自己还是要继续在这个城市读书、学习，以后，再说以后吧。

于是，第二天早上，我又起早去电视台剪片子了，总觉得劳动是一种创造吧，无论你想还是不想，同学的爷爷说的那些话有一种力量在，是从华北平原农村的土壤中长出来的。

总算是，经过那一段难挨的日子，参加了工作，开始了新的天地。每每夜深人静的时候，还是会想起同学描述的他爷爷的样子和说话的语气，生活还是要继续。

下雪的时候，就想起北方，想起老家，想起要过年了。

以往过年的时候，就赶着大年初一值班后，把工作安排好，才赶上新年的第一趟列车，回到家中，还算是热热闹闹的团圆。

突然有一天，发现家乡的那个年过不了了，各种原因回不去，渐渐地开始泛起了一种无奈感，如同小学课本中的瑞雪兆丰年，成了一种美好的回忆。

回忆中的白雪与老人，竟然不知道该如何讲给下一代听。

"一年将尽夜，万里未归人"，过年的时候，如今，我还在外地。可是，外地已经不是外地，好像家乡常在梦里，家乡已然成了外地。

过年的时候，父母在家包饺子，锅里热腾腾地烧着水，外面，大雪纷纷扬扬，他们隔着门缝，不停地朝大堤上看，看哪一辆车会下来他们的孩子，拉着行李箱。

深秋苹果香，熏衣的芬芳

下午要开会，接通知，根据要求穿春秋常服。

我打开书包，把随身带的衬衫拿出来，抖一抖，竟然满屋子的果香味，是那种特有的秋天的水果香。

这才想起来，前两天把食堂准备的苹果带到办公室，没来得及吃，顺手就放在书包中了，于是，那个苹果做了天然的熏香，在秋天的日子，慢慢地把它的香气蕴染了整个书包，还有我的衬衫。

这秋天苹果的香气，醇厚，也纯正，深深地呼吸，那么的舒适，那么的亲切，竟然唤起了记忆中的什么味道，如此的熟悉。

难道说……在哪里见过？在哪里闻过？

记得蒋勋说，嗅觉是有记忆的，即便是他在法国留学，雨后尘土的腥味也会让他记起童年乡村道路上雨后尘土的味道。

那这苹果的香味，对我来说是什么记忆？

哦，哦，想起来了，是我们家衣柜的味道。那衣柜是母亲出嫁时的嫁妆，实木的板材，深红色的油漆，结实又沉重，小时候我不仅搬不动，甚至够不着，需要搬起小凳子，掀开衣柜的盖子，探头进去找东西。

可是，大多数的时候衣柜是上了锁的，所以，只要母亲偶然地开了柜子，我都会积极地踩着小凳子，把脑袋挤过去，像小狗一样，挤着抢着，探寻一些好吃的东西。

母亲的衣柜，里面当然装了一家人的衣服，衣服拿出来的时候，在秋天的季节里，往往都散发着苹果的香气。所以，我小时候穿的秋天的衣服，大多有苹果的香气，只是，那个时候不注意。

难道是，母亲知道用苹果熏衣服的奥妙么？

现在想起来，母亲怎么可能知道用苹果去熏秋天的衣服呢？她那节俭的意识，才舍不得呢。

正是因为，她的节俭，她的舍不得，她操持一大家子的不容易，才有了这偶然的香气。

因为，亲戚朋友送来的大苹果，一方面要给爷爷奶奶留着，要是让孩子们看见，一口气，瞬间就没有了；另一方面，也是把好东西留着慢慢地享用，不能放在外面，既要防着我这样的好吃鬼，也要防着家中的老鼠。

老鼠和我都无可奈何的地方就是那个结实的衣柜，任老鼠如何咯吱咯吱地啃咬，苹果仍安安稳稳地待在柜子中，而我甚至都不知道什么时候苹果被放在柜子里的哪一个角落，即便知道，没有钥匙，也只能望柜兴叹。

大苹果被放一放之后，会变得更醇香，口感上也更适合老人，沙沙的，软软的。有时候我生病了，母亲会从柜子中取出一个大苹果给我吃，所以，我一直都认为苹果就是那个口感，直到后来年龄大一些，跑到苹果园中，啃了青苹果，才知道苹果的口感是很脆的，而不是那么柔软，没有嚼头。

母亲这种做法，既有对生活中美好东西的珍惜，尽量留给日子更多美好的味道；也有那种淳朴的孝敬老人的持家传统，这样家中的老人才能得到很好的照顾；还有，母亲那种难得的忧患意识，从来都是储备着、准备着，而不是大手大脚，只顾眼前，不想长远。

母亲对子女不大说教，可是她却点点滴滴地做到了，生活可不就是点点滴滴吗，她无形之中告诉了我们很多很多，怎么吃苦，怎么耐劳，不然的话，这个家怎么能越过越好呢？

岁月不可追，情深尽回眸

——天梯上的下午茶

龙泉山，朋友开车带我上去，在天梯的地方摆满了茶座。"为什么叫天梯？"我疑惑地问。

"你自己看。"朋友停车之后，把我带到天梯的山口，用手指向远方。

远方，目及处，一座城市，密密麻麻的楼房，更远处则是曲曲折折的线条勾勒出来的丘陵。而这幅风景，却是在龙泉山的脚下，沿着下山的台阶，如同"梯子"一般，一路伸展到城市中心的大街上。

"梯子"并不那么清晰地被看到，浓绿的树叶，参天的老树，经年累月，已经把梯子覆盖了，但若是从树下穿过，一路延伸，便通过这步梯直达城市的中心，难怪叫天梯。

我们在银杏树下选了一个竹椅子坐下。冬日的暖阳透过金黄色的银杏树叶，照在茶杯中绿色竹叶青舒展的叶子上，翠色如春，新茶萌动，人也就随着这暖阳和山色、茶色舒展起来，慢慢地说着话，烹茶对坐。

　　在我们的旁边，一位大姐正坐在椅子上，一针一线地纳鞋垫，鞋垫的图案是一只憨态可掬的熊猫正在啃竹子。鞋垫在她的手中，一点一点地发生着美的变化，生活或许就是如此，阳光下，一针一线地投入，正发生着变化。大姐专注地做工，我们则分享着她那低头穿针引线的动作，难得的手工，难得的相逢。

　　看到纳鞋垫的情景，竟然生出了久违的岁月之感，有童年，有故乡，有回不去的很多眷恋。记得在北京读书的时候，每年春节回家，母亲都会专门往我的行李箱中塞上几双新的鞋垫。回到北京，垫在皮鞋中的新鞋垫，舒适温暖。后来，母亲走了，整理旧物的时候，还有很多的新鞋垫。至今，我的衣柜中专门留了几双她手工做的鞋垫，舍不得穿。哎！"慈母手中线，游子身上衣，临行密密缝，意恐迟迟归"啊。

　　蜀地的坝坝茶，店家为了省事，多用玻璃杯子，而不像传统的老茶馆，讲究，依然用陶瓷的盖碗。或许是因为玻璃杯子简洁好清洗，也或许是茶客们多喜欢喝绿茶、花茶，如竹叶青、碧潭飘雪之类，透过玻璃杯，更舒适养目。

朋友点了竹叶青，店家端上来，不一会儿，茶叶舒展，新绿绽放，一个一个的茶叶直立在杯中，在阳光的照射下，绿色更翠，更鲜亮，朋友对我说："这是新茶，色泽就是不一样。"聊起茶叶，朋友对我说，其实，从小时候起，对茶叶的认识就因为奶奶的影响，与通俗的茶叶说法是不同的。

"嘿嘿，茶叶还有什么不同，大不了也就是绿茶、红茶、白茶之说，都是树叶的叶子，纪录片中对茶叶的表述就是：一片叶子的故事。"我说着我的对茶叶的想法和认识。

"不是的，不是的，你说的是茶树的叶子，对不？我小时候，奶奶会在每个不同的季节，到山上采摘当季时令的野菜、野草的叶子，比如说蒲公英，当然也会有树叶，她会把采摘的嫩嫩的尖子放在窗台上晾干，然后储存在她的瓶子中，用来泡水喝，她说这就是自己做的茶叶。"朋友淡淡地描述着，似乎，奶奶正在山上采茶叶。

"那，苦么？祖母做的茶叶，味道怎么样？"我好奇地问。

"不苦，奶奶给我喝过，回味甘甜，治感冒，而且她九十多岁的人，从来不感冒，就喝自己做的茶叶。那么大岁数的人，精神得很，每天都用梳子反复给自己梳头，头发亮着呢。她生活中的大多数东西都是自己动手做，她经常对儿孙们说，人啊，就是泥土中来，泥土中去，所以啊，吃就吃当季的，活就活当地的，不管到哪儿，就要像野草一样，扎根本地，融入环境。"她说的，似乎老奶奶像个老中医，有点"道法自然"养生的味道。

"奶奶经常说，南方有南方的习惯，北方有北方的风俗，一个地方，就是一个地方的水土，那里的人生活方式，吃什么，喝什么，都是有讲究的，不能违着四季来，要顺着才行。"

"更神奇的是，奶奶走了之后，她做的草膏药还留了一些，妈妈有一次不小心崴了脚，就取出来抹上去试试，效果奇好。我也是听奶奶的建议，当初离开家乡，到阿坝藏区去工作，草原广阔，水土风俗大不相同，可是，我就是从吃羊肉、说藏语开始，完全地融入那一片广袤的土地。"想不到，老人对儿孙的影响，竟然那么大。

朋友感叹道："现代社会有现代社会的便利，看似我们能够驾驭和掌握很多东西，其实，我们远不如老一辈人对生活、对环境的认识和熟悉，有太多太多的珍贵的传统和技能，我们都已经失去，或者正在失去，比如对自然的敬畏，对自然的融入。"

"奶奶的那个年代，女人要裹小脚的，那种痛苦自不必说，可是，有几个女孩子能够抗争呢？奶奶就是少有的没有裹脚的奇女子。家里人逼着她裹脚，而她，十几岁的小姑娘，竟然跑到山洞中与家人对峙，直到家里人答应了不让她裹脚她才下山，尽管她也只是个丫鬟。"朋友说到此处，大声笑了出来。我也听得入神，敬佩不已。

"要知道，奶奶在照顾长辈的过程中学了不少的中医知识，还学了不少的诗书道理，以至于，本是家中少爷的爷爷被她所打动，竟然两个人走到一起，风风雨雨地过了一辈子，这算不算一个丫鬟的逆袭。奶奶还跟着爷爷学了一手的好书法，爷爷走了之后，她仍坚持写字，字里行间，笔墨留痕，大概都是那些朝夕相伴的难舍难分。"

朋友讲得认真，我听得也认真，似乎是张恨水笔下的金陵旧事，却又绵绵延延的，给我们一些启示。

有的时光是无价的

从来，时光似水，似水流年。小时候随祖父在春节临近时写春联，怯生生地拿起毛笔写"五谷丰登""出门见喜"的时候，祖父会让我跟着学写："一寸光阴一寸金，寸金难买寸光阴。"

那个时候，少年顽劣，一门心思想的都是村里邻家的小玩伴儿，恨不得啃两口馒头，趁大人们不注意就溜出来。一群村里的娃儿们，要么是"爬老柳树掏鸟窝儿找鸟蛋"，要么就是"烧红大针做鱼钩，到池塘里钓青鱼"，在一起就是撒欢儿。至今还能清晰地记得，一年大雪天，几个小学同学到黄河里划船，波涛滚滚，风沙凛冽。何曾会有珍惜光阴的认识呢？也枉费了老祖父一片苦心。

上大学了，开始有了职业的概念，价值的认知，开始知道世界上人与人之间有一种时间衡量的标准。老师们会在课堂上，用骇人的语气讲着，所谓的高端人士时间的价值都是用"小时"计价，似乎，那也是他们的向往。于是乎，还没有毕业的时候，就开始奔波在红尘中，努力地去突破自己，向着所谓的高端人士的方向进发，尽管，似乎遥遥无期。

一晃一晃，不知不觉到了一种状态。这种状态，最明显的是打篮球的时候，篮球过去了，帅气的动作的想法也过去了，人没有过去；还有一种现象，就是网上新冒出明星的糗事，竟然不知道这位明星是谁，什么时候出道的，不得不去"百度"一下。哦，原来已经落伍了，当想努力跟着时代的脚步的时候，就意味着人到中年了。

人到中年，就是你不能不服的时候，当然，这个时候竟然像读书读懂的感觉一样，一下子能够明白很多很多的道理，原来理解"道理"其实并不是很难的事情，并且不一定非要去撞南墙，也能够悟透前人说的原以为很深奥的人生哲理。老领导有一天很深沉地对我说："你小子现在成熟了啊。"我当时惭愧的啊，自己对自己说："这成熟来得也太晚了一些。"

而今天，想说的，恰是开篇所说的，时光似乎是有价的，是可以衡量的。那或许是早年的认识吧，而今也知道，时光也有无价的时候，比如成都人冬天晒暖阳的时候，成都人证明冬天飘雪花的时候。

写这些字的时候，冬日午后的阳光透过窗户，晒着轻抚键盘的双手，我脱下外套，暖洋洋地沉浸在这难得的成都午后的暖阳中。对四川人来说，冬天出了太阳就是天大的事情，可以倾城而出，搭帐篷、遛娃、遛狗、遛猫、跑步、野餐、垂钓、采摘……应有尽有。

晒太阳、喝茶，这短暂的时光，成都人恨不得关了手机，找一个最惬意的椅子，最惬意的茶铺，最惬意的盖碗儿。不信，你看一下铁像寺的水街、太古里的大慈寺、文殊院的香园，冬日的暖阳一出，乌泱乌泱全是人，一座难求。看来，给多少钱，都买不来晒太阳的时光啊。

如果说这是成都人的生活观，乐观也好，喜欢也罢，对我来说，也逐渐明白，其实，人生中很多的时光是无价的，是不能量化的。比如青春时懵懵懂懂的约会，比如人到中年陪伴孩子的成长。

今早，孩子起床后，自己动手往手提袋中装了"书本、陀螺、彩笔、小鞭、熊猫水杯"，跟我说："我已经准备好了，咱们出去玩吧，你要赶紧收拾东西啊。"好吧，被熊孩子催了，平时外出都是我们催熊孩子。

出门到了街上，路过开得正香的蜡梅林，我对孩子说："你看这梅花，开得正香，闻一闻？"

"不是梅花，是蜡梅，这是蜡梅花。"熊孩子很认真地纠正我的说法，我也很配合地认可这个说法。

到了书院，孩子拿起毛笔，兴致来了就要写两笔，我在给他拍照的时候发现，原来，孩子不经意间长高了，已经不需要踮着脚站在桌前写字了。以往写字，会在宣纸上随意涂抹，大不了画几个笔画，现在竟然可以写出"山、江、牛"等一排汉字了。

等到我们坐下来，熊孩子说："你写你的，我写我的，你要慢慢写字，一笔一画哦，不要写得太快哦。"

我问他："你想喝什么水呢？柠檬水？"

人家老练地拍拍自己带的熊猫水杯："我带水了，你自己点茶吧。"这种老练简直就是大人的语气，说着，还动手拧开水杯盖子，喝了两口。

一本一本的书拿出来，他对我说："我念书给你听啊，你要跟我读。"他开始很标准地读出书上的故事："玲珑塔，塔玲珑，玲珑宝塔十三层。塔前有座庙，庙内有老僧，老僧当方丈，徒弟有六名。一个叫青头愣，一个叫愣头青……"

他一字一句地读，我一字一句地跟着念，他几乎不用看，满嘴的小白牙，咧着嘴巴念，因为早已经会背诵了。童声在早晨的书院中清脆回响，"……一个是僧僧点，一个是点点僧；一个是奔葫芦把儿，一个是把儿葫芦奔。青头愣会打磬，愣头青会捧笙；僧僧点会吹管，点点僧会撞钟；奔葫芦把儿会说法，把儿葫芦奔会念经。"这绕口令真是有趣，把故事融进去，很有节奏感，所以孩子摇头晃

脑地读着，还笑着看我跟着读，如果读得不标准，他还会纠正我的发音。

读完两本书之后，就让我和他一起画画，想起他不像我小时候就跟农田打交道，麦田中长，水田中逛，麦田里找野兔，水田里寻黄鳝，每次回到家，不是一身土，就是一脚泥，少不了会被大人一顿骂。

水稻和小麦，如今经常被写进散文中，虽然读起来令人神往，一片田园，悠然南山。可是，对我来说，根本就不会有诗意的感觉，所谓"稻花香里说丰年，听取蛙声一片"，在我小时候的记忆中，全是农活的劳作，谈不上美感。印象最深的恐怕就是：种小麦，收割扬场，晒干了交公粮，无论多焦的太阳，多渴的喉咙，也要排队交公粮。种水稻呢，下田插秧，最小心的是蚂蟥，钻到腿肚子上，半截还露在外面，不敢用力拔，担心拔断了，更吓人。

可如今，看着儿童书上的水稻，竟然泛起了亲切感。那就给孩子画水稻吧，沉甸甸的稻穗垂下来，一粒粒的颗粒饱满。还有水稻的叶子顺着垂下来。小时候水稻的叶子，对我来说，根本没有现在的颜色视觉感，而是火辣辣地割手背、刺脖子的痛苦的触觉。时移世易，农活已经远去，故乡常常梦里回忆。面前的水稻叶，笔下画出来，柔顺伸展，竟然纸上满满的，溢出了乡土故园，丰收之气。

画了三只肥肥的小田鼠：一只田鼠的尾巴卷着稻草，倒挂下来，啃着水稻；另一只田鼠在田地里踮起脚，伸长脖子，啃着稻穗；第三只则腆着鼓鼓的大肚子，扛着稻穗，正准备离开稻田，一看便知，这是一只来得早、动手快、吃饱之后的小田鼠，要把挑选好的水稻拖到自己的洞中囤积起来，这是储藏过冬的口粮啊。

熊孩子在旁边说："哈哈，这只小老鼠，太像了，嘴巴好尖啊，它们是在吃水稻哦。"

"是啊，秋天来了，小老鼠们要辛勤找粮食，否则冬天没得吃啊。"

"那你不要涂色，留给我来涂色哈。我带了彩色的画笔呢。"

钢笔画的画纸递给他，他边涂色边哼着自己的歌，不一会儿，三只灰色的田鼠，肥硕肥硕、憨萌憨萌地跃然纸上；还有绿色的水稻叶子、金黄色的水稻穗。一张简图，经颜料的涂抹，赫然一张有趣的童画。

童心，果真是色彩斑斓呢。

快到中午的时候，熊孩子对我说有点饿了。我们两个人就琢磨吃什么、到哪吃。关键谁来决定呢？索性就来一个石头剪刀布，谁赢了就听谁的。

他觉得有趣，笑着说好啊。我就专门强调，就一个回合定输赢。两个人竟然来了两个回合，他出"剪刀"，我出"布"。好吧，听他的，吃"汤公汤婆"，收拾东西出发。

路上，碰到一家新开的餐馆儿，我低下头问："咱要不要到这家尝一下？"

熊孩子很干脆地说："你输了的啊，听我的。"

千里送鹅毛

　　"千里送鹅毛，礼轻人意重。"这是父亲经常给我们念叨的一句话。年少时候，我不懂这句话的意思。甚至觉得，大老远的，鹅毛有什么好送的，村子里多的是鹅，即便是抓一只大鹅送过来也没有啥稀罕的。

　　读书的时候，知道了这个典故的由来。大概是古代一个遥远的地方，要给大唐进贡一只珍禽——白天鹅，负责运送的是一名叫缅伯高的使者。路上，看到天鹅一直向他鸣叫，伸长脖子，张大嘴巴，有饥渴之状，缅伯高就在湖边打开笼子，放天鹅喝水。不想，天鹅喝饱之后，振翅而飞，他情急之下，只抓到几根鹅毛。

　　怎么交差呢？进退不得，实在没有办法，他只好诚恳地把鹅毛包好，依然运送至京城。唐皇听了缅伯高的经历，深感其赤诚之意，不仅不加以怪罪，还好好奖赏与他。于是"千里送鹅毛，礼轻人意重"便流传了下来，成为民间所信奉的礼仪原则。

以往，春节将来的时候，老家的村庄，各家开始忙活，不仅要办年货，还要准备礼物，要专门留出半个月的时间用来"走亲戚"。平日里来往不来往的远亲近亲都是要串一串的，那个时候颇能理解《红楼梦》中"一表三千里"的说法。即便是大雪天的日子，天寒地冻，路上积雪，也要赶着毛驴，把棉被放在架子车上，裹着一家老小，穿着崭新的棉袄棉鞋，带着年货，走走娘家，串串姥姥家。表兄弟、表姐妹们聚在一起玩耍，恐怕是每一次过年最向往的事情。

更何况，那个时候物资并不丰裕，哪怕是一些花生、大米、白糖，都是非常珍贵的东西，送来送去，都是亲戚的惦记。人们便是通过这种方式来维系相互之间的温暖与激励，生活总是喜悦的，过节总是高兴的事儿，新年嘛，一切都是好的。

今天这个时代呢？城市生活，流光溢彩，资讯发达，物流便利，人与人之间那份浓浓的温情和惦记却少了几分。当然，物质丰裕，交通便捷，在快速运转的工作节奏中，人人都进入了一种忙碌的状态。当社会已经城市化的时候，春节的仪式感越来越弱。偶然一次在书院看书，听到两位女子在喝茶谈天，扯南扯北的家常肯定进入不了我的耳朵，却有一句感慨，不仅溜进了我的耳朵，还冲击了一下内心。

这一句话是："现在啊，忙起来很容易，安静下来却很难啊。"

本是闲适散漫闻名的成都，现在的生活节奏也已经准一线城市了，朋友之间相互询问春节假期的时候，大多数的回答就是"估计要忙到抵拢了"，言下之意，要忙到一年尾了。

似乎，忙起来才是生活的意义和存在，然而，安静呢？安静地读一本书，安静地泡一杯茶，安静地发一会呆，安静地和自己相处一会儿，难，很难，像一辆运转起来的车辆，踩刹车的感觉总是不舒服的。也难怪，有的人，这个年代，想归隐山林；也难怪，这个年代的民宿，往往建在风景秀美、山林深处，听雨观雪，成为一种轻奢。

"静"不易，"慢"亦不易，一个叫"漫咖啡"的咖啡馆很是受人欢迎，其中也是蕴含了一种"慢"的气质。至于，成都崇州的一个小镇，还将"慢"城作为一种项目设计理念，希望成为一种吸引投资、吸引消费的文化理念。

春节本是农耕文明中一个短暂的休整和仪式，在短暂的休整之中，人们可以暂时停止手中的农活，敬神敬祖，其实是一种文化节奏的变动，更是人们内心的回归。人们可以舞狮子、放爆竹、贴春联、包饺子、逛花市等等，中华大地因南北地域不同，春节的形式也大不相同。即便是看春晚成了新的民俗，依然无法像以往的仪式一样，沁润在华人的文化血脉之中。

前些年出版了一本散文集《人生忽如寄》，书中有一篇《一不小心，我们就成了工作的奴隶》，其中谈到工作的裹挟之感，让人们不得不奔波追逐。这种状态中的我们日渐变得麻木，对生活的城市不敏感，对四季的更替不敏感，对曾经的老友故旧不敏感。似乎，一年的忙忙碌碌，对春节也不怎么敏感了。春节更像是记忆中的春节，整个假期中，惦记的就是课题，就是项目申请，那份大学老师翻书写字的从容竟然无影无踪。

然而，年前的一天，却有一份小激动。

手机收到了提醒，说是一份食品的快递到了。既然是食品，那不敢耽搁，想一想，自己春节前在哪里网购了食品呢？琢磨了一下，也没有想起来。取了快递，发现是浙江寄过来的，回到家中打开一看，"哈尔滨红肠"，也没有寄件人的地址和电话。

反复琢磨，自己没有网购"哈尔滨红肠"，尽管上学的时候很喜欢。那谁寄的呢？没有老同学在东北工作啊。在北京的老同学？知道我喜欢吃这个口味的人不多。不知道谁寄的，还担心自己是不是取错了快递，反复看了没

有错。那么，是不是快递的人会记错？还是先不吃，等一等，万一快递员给我电话，是出错了，我就还回去。

半天，没有等到电话，认真想一下，知道我喜欢吃哈尔滨红肠的朋友和同学，还有发货的地址在杭州，极有可能是江浙一带的。

"老曲"，"曲总"？上海，老大哥。估计是他！

一个电话抄给他，电话那头，他说："年底了，兄弟，知道你忙，觉得这个挺好，就给你寄了一份哈。"这一句话，我觉得两兄弟之间，千里万里的记挂，实在是朴实无华。

一份哈尔滨红肠，不贵，也不重，不过是网上下了个单子，轻轻一点，几乎，在今天这个时代，算是标准的"千里送鹅毛"了。猜对了的时候，不是激动，而是感慨。电话中谈起周老师已经快要八十高龄，商量着啥时候聚到北京，看看他。商量着，春暖花开的时候，或者去江南喝杯女儿红；或者，来成都，在川西大山里串一串古镇，尝一尝新采的春茶。总之，都是美好的期许与约定。

早年，老曲留学澳大利亚，归国后常年管理外企。有缘一起读书，他作为兄长，不仅常常帮助我们这些兄弟，还经常分享一些管理哲学、人生感悟。两兄弟一路走过来，十多年，相互提醒，相互督促，无论是来成都，去上海，还是聚北京，总是提前打个电话，报告一下。哪怕是一杯咖啡，一杯茶，能见一下，就一定会见一下。

若是，放在江湖小说里，就特别像意气相投的弟兄，"岁暮长安客，相逢酒一杯"，道声珍重，又各自忙碌。

"礼轻人意重"，这不是一份礼，是一份记挂，一份温情。城市茫茫，人间匆匆，我们依然相互珍重。

樱花别院狸猫困，锦湖水碧柳色新

　　大年初二的早晨，天还没有放晴，街道上也没有多少车与人，估计，成都人的习惯又发挥了作用，也就是一到节假日，川A大军就会开车离开成都，到周边的省份或城市耍去了。

　　不过，成都街道上粉红的梅花、俏白的樱花、深红的海棠、伸展的玉兰、油画般的油菜花、胭脂抹的红叶李，一树树，一丛丛，一片片，都已经在路边、街头、公园里尽情地绽放了。发在朋友圈中的照片会引来北京朋友的感叹："果然是成都春来早。"若是早晨，朝阳正好，跑步在锦城湖的绿道上，翠竹与红梅相衬，落英与新芽对接，吐故纳新，有清爽之气，有俏丽之色，生机勃勃，舒舒展展，能量都是充沛的。

　　在锦城湖畔的树林中随意拍的照片，都会被朋友们追问这是哪里？不是各位朋友大惊小怪，也不是手机的美颜功能强，而是一个城市的禀赋与诗意。因为湖边，遍植红叶李、青梅树、红梅树，还有樱花树，这个时节，春日暖阳、温度适宜，一湖瞬间春色，满树芳菲、如眉花蕊，在春水碧于天的湖光背景中，怎么拍，都是上好的风景。

可惜，花期短短几天，风吹过，"落英缤纷，芳草鲜美"，一幅桃花源的几分秀色，落得一地尽是点点的各色花瓣，人人都起了黛玉的诗情，可不是一个一个的叹惋。就连白鹭们也在锦城湖中的小岛上安了家，远近河流、小区能看到白鹭翱翔的身姿，几乎是这个岛上家族的一员。

然而，最惹人的，恰恰不是这些花儿们如何浓烈，而是随春风拂动一湖碧水的湖边垂柳。"柳色新"最能准确地描述眼前柳枝柔韧的姿态与颜色。若说它的姿态如同少女的秀发，缓缓地垂下，在湖水中轻濯，风吹动，柔顺地轻摆，晃动了湖水中的波纹。那颜色呢？则是刚刚萌发的嫩芽的颜色，浅浅的绿，似乎上帝的画笔，太舍不得用绿色的颜料，只是轻轻地点了点，嫩嫩的柳芽便萌发出来。

这柳色迷人，触动的总是一份想动画笔的心，不过，若是看过丰子恺画笔下的西湖垂柳，也就只有欣赏的份了。那年，出行杭州，适逢春雨如酒，我没有带伞，躲在西湖畔一家精致的书店，正巧翻的是丰子恺的画册。女店员对我讲，他们是丰子恺家人授权的书店，也正符合杭州这个城市对文创的尊重和鼓励。

画册中多是西湖的人文风景，尤其是春季西湖好风日的少年游玩，放风筝、踏青、赏花、折柳，其中的柳枝，柔顺如瀑，摇曳的样子，能看到画中的春风。实在是喜欢，就买了两册，带回成都，送给孩子们。

如果说成都的春天就这样不期而至了，那么，在这个特殊的春天里，大家大都在成都过年，周边的小院、周边的锦城湖、周边的公园，几乎也都成了遛娃、晒太阳、喝茶、搭帐篷的好地方。公园城市，名不虚传。

这不，经朋友推荐，去了一个锦江区不远的别院，名叫"八然"。朋友说这家小院是农家庄园改造而成，老木青砖修成的门头，都是从山西有300年历史的庄院拆卸下来运过来的。院中还有一只狸猫，很是黏人，客人来了，蹭两下，就在你身旁呼呼睡下，你喝茶，它睡觉，似乎有一点时光的曼妙。

专门找了个下午去了这家小院。院子里，两株樱花树开得正盛，引来蜜蜂嗡嗡环绕翻飞。茶室中，老木家具配上古瓷器的摆件陈设，件件都见店主营造的功夫，放上几饼老白茶，还有木心的书，你说，你会不会静下来呢？

悠悠然一个下午，阳光正好，我在茶桌旁的躺椅上睡着了，闻着樱花的香气打盹，没有梦境，也或许现实就是一个梦境吧。那只狸猫倒是没有理我，因为，它也在樱花树下，偷吃了池塘里的小鱼之后，呼呼地做了一个美丽的梦。它睡觉的时候，蜷成一个毛茸茸的圆球，两只前爪抱着自己的脑袋，只剩下胡须露出来。

或许是那青砖老木门头古旧的打动，或许是樱花灿烂的绚丽，也或许是春天小院子的生机萌动，忍不住，写了那个慢悠悠的下午：《樱花树下的小院》。

　　　　小院后面是青翠的竹林，
　　　　风吹来，沙沙的声音。
　　　　小院里两棵樱花，
　　　　树下小池漂了花瓣，
　　　　星星点点，
　　　　红色的小鱼在花瓣下游玩，
　　　　肥肥的狸猫，
　　　　趴在小池边，
　　　　不停地把嘴巴舔。
　　　　院中间的老树吐了浅绿的芽，
　　　　那是海棠，
　　　　在樱花落后，
　　　　打算好好地把小院装扮。
　　　　茶几上的老茶已煮好，
　　　　想起故园，
　　　　一去二十年
　　　　……

看了这段文字，有朋友留言："那可是你的小院？"我回复："那是我向往的小院。"

正如，大学同学，人到中年，一起谈起岁月流转，时常会流露出想有一座家乡农村小院的想法，种上果树，种上菜蔬，"方宅十余亩，草屋八九间。榆柳荫后檐，桃李罗堂前。"是不是，田野回归是一种传统，或者说，是当下忙碌的心境的一种需求？

巧的是，这些日子在翻看李一冰先生所著《苏东坡新传》，李一冰笔下的苏东坡，不是仙，是人，有痛，有难，有痛苦，有困惑，有不断的反思与自我成长。这一点不同于林语堂笔下的苏东坡，读起来，那么的神远。

李一冰在书中谈到苏轼的作品，谈到苏轼对山水的倾心，对人事纷争的躲避："中国的文学传统，在于追寻自然。敏感的知识分子要逃避痛苦的现实，只想把这无限烦恼的人生，安放在大自然中去，期望心志的宁静，精神的解放，使人与自然在精神上得到美的合一。"

我读到此处，觉得，不仅仅是如此吧，成都人就是对山水自然有着不一般的痴迷和依恋，到成都周边的任何一座山上，风景秀美处必然有茶座的踪影，有溪水处，几乎必有人家。

也正是如此，成都人有着对生活对工作的乐观，他们随口会说的是"安逸"，对生活的当下怀揣一种审美的参与感。这种审美的参与感，源自于对山水自然的敬重与融合，源自于对蜀地山水的热爱与痴恋。

苏轼对陶渊明有着强烈的共鸣和推崇，而陶渊明的田园诗中，用质朴的文字传达一种理想生活的建构和桃花源的梦想。正如李一冰所写："陶渊明认为人与万物，同是大自然中的一分子，所以能够用一片平等心来领悟自然的姿态，享受自然的和谐，使人、我、物三者混成一体，遂能徜徉自得，上观四时的运行，俯览花木的荣落，以回归自然的精神打破时间的界限；现象虽然因时而有不同，但生命的本质却并无差异，人与万物同是天地间的无限生机，人与自然合一，精神里便再也没有任何冲突。"

读《苏东坡新传》，知世间风物自然，当与美好相伴。

春天到水街来看花

去年，朋友就说来水街看花，因为疫情没有来成。错过，便是一年。

当时都在抗疫的一线，相互之间，发个微信，鼓励一下，都知道赴一线的工作不避风险。美好的期望，就是互祝平安，预祝疫情结束之后能够相约去登山，能够逛一下那些有格调的书店，还有闹市僻静处新开的咖啡馆。

经此一番疫情，方知人世间的相约，其实并不是那么的简单。方知夜窗听雨、促膝而谈的时候，更是恬静淡然。若说时光如水，那么，只有心无杂事烦恼的时候，时光水流才极缓慢，让你感觉不到流转。

今年，过年的这几天，大家都留守过年，成都几乎天天好天气，水街的花儿们也开得早，樱花已谢，李花正艳，桥头河边，稀疏有致。

青李花树盘桓河边，乌黑遒劲的树干，嫩绿的枝头叶芽如同国画一般，寥寥数笔，境界全出，清新隽秀之姿点缀着洄澜塔下的桥头，顿然生出一番春来的清爽感。

去年路过拍了一张照片，青李花的蕊上，一只毛茸茸的蜜蜂正在采蜜，发在朋友圈，被媒体的朋友看见，专门用作节气宣传的海报图片，颇有一番青李枝头春意闹的寓意，春天的气息已来。

红李花树植在驷马桥头，陈锦茶铺边，背景则是碧绿的肖家河水，稍远处还有华道生活的廊桥。花开古桥，桥依古寺，花自飘零水自流。

胭脂红的底色，粉白的花瓣，花开的时候，朵朵如雕刻般精致，却不见一片绿叶。一枝斜出，花朵们次第挤来挤去地展现自己的俏丽，那种开花的劲儿头，似乎是要把握住有时限的舞台，绝妙之色，绽放的，一点谦逊都不愿。

常常有拍古装的少女们，最喜欢这一处春意古色，桥头栏杆，一袭红裙，眉目如画，气宇不凡，长发如瀑，纤手仗剑，飒然一身尽是前世风景，今世魂牵，难得的是这一番现实的梦境若隐若现。

若是金庸大侠来水街游玩，碰到这样的女子，他会不会猜一猜，这气质这装扮，到底是《天龙八部》中的木婉清，还是王语嫣？是《倚天屠龙记》中的赵敏，还是小昭？只是，金庸大侠已经作古，他笔下的人物却从未远离人间。

以往人们逢年过节合影、拍照，大都是为了给青春的印记留念，为了许多年后，老了的时候翻看厚厚的一本相册，从少年、青春到中年、老年，不仅是自己回味，或许也是给儿孙们看，基本上可以称作家族抑或个人的历史感。

而如今的年轻人呢？可想不了那么多，最主要的是喜欢。不仅仅是喜欢拍出的照片，而且喜欢把古装一穿，在水街古香古色的春天，享受一种自我追寻的体验，有仗剑天涯的侠客风范，有唐宋朝代穿越的恍然，亦真亦幻，妙不可言。

夜晚时分，陈锦茶铺华灯初上，红色灯笼挂在川西民居的屋檐下，陪衬着坝子上的老戏台，参天的老樟树下，春犹寒，游人甚少，一幕花开屋檐下、燕子衔春泥的诗画，你置身其中，不自觉地就会走进陈锦茶铺的店中。

若是，你喜欢在水街安安静静地一个人看书，那么，要早一点。水街中书院临河靠窗的位置常常被预订，因为阳光从早晨到傍晚，都能照到，恰是沐浴暖阳的好位置。现在时节，坐到这个位置看书写字，抬眼便是河对面栏杆畔的一树红李花，在栏杆与巨石之间，伸展到河面。

打开电脑，屏幕上自会出现屏保的图片，却不及你突然地惊喜发现，你的屏幕上，竟然有绿树丛中的一只白鹭映现。稍有舒缓，你便清楚了背后河边黄桷兰树的枝叶间，一只白鹭正在上面，它的头上长着英俊的羽翎，像极了京剧人物背后的雉鸡翎。或许，正是这只白鹭在把你偷看，才不小心映入了你的屏幕，折射到你的眼帘。

水街最早报春的是红梅与青梅，然后海棠，之后樱花，正如白居易的诗："春风先发苑中梅，樱杏桃梨次第开。荠花榆荚深村里，亦道春风为我来。"近几日，李花正开，春意浓，紧接着，便是浓色重彩的垂丝海棠的花海与高洁舒展的梨花的花期。

梨花如今开了，洁白如雪，枝干如墨，花分五瓣，蕊紫点点。其中一株在河边石上，对岸正是书院青砖的墙，影影绰绰，点缀了对岸书院中读书写字的人，陪伴对岸茶桌对坐的客；另一株则在陈锦茶铺的小茶园中，梨花树枝伸展到陈锦茶铺的青瓦房顶，衬托出一种岁月的底色，见证今春梨花的绽放与飘落。树下的桌椅，若是洗了一夜春雨，就会花瓣点点印记。第三株则在铁像寺的红墙边，似乎是得了几分寺庙讲经的灵气，这一株往往开到最后，直到青梨挂上枝头。

几乎，同时段，桃花也会在河边桥头，如同绘画般地挂满枝头。从花色不同，可以分辨出油桃、毛桃的区别呢。当然，还有一株年年花开的满树通红，不见树叶，很是浓烈，但从未见过这株桃花树结了什么桃子。

基本上，水街踏春赏花的时间大概要到三月底。几场春雨过后，各种小小的萌萌的青青的果实爬上各种树枝，也就到了紫藤花开的时分，紫藤架下，夜色春茶，夏天也就到来了。

虽说春节已过，算是刚刚进入新年，其实呢，已经是雨水时节，这一年啊，已经过了两个月了，你说快不快？我们都已经在盘算新的一年，新的拓展。

昨夜，北方飘起了大雪，朋友圈里都是你们晒的堆雪人的情景。北国春雪伴春雷，蜀地则是春雨打梨花。今早，"湿面春雨细"，大家都匆匆上班，短短的年算是已过。

我们去年的约定还没有实现，就如同，我早想着去北方看雪，顶风一路上山，嘎吱嘎吱踩着脚下的厚雪，去寻山寺蜡梅，寒竹老松，偶然惊动树上拖着长尾巴觅食的松鼠，便会抖落片片雪花，簌簌而下。可惜呀，这也只是我的一番计划。

"春天到水街来看花"，早春已过，暮春将至，这个时候，若是能来，寻个周末，早一点来，要记得带上雨伞，春雨如期而至，说不定能够赶上杏花和梨花的花期，何况垂丝海棠，也就是这几天。

下雨的水街别有韵味一番，潮湿的空气把宁静与鸟鸣弥漫，地上的春笋刚刚钻出地面，探出毛尖尖。雨打了肖家河一汪碧水，看上去凉意依然。梨花瓣飘零在竹椅子、木桌子、石凳子上面，而树上的花瓣带着春雨滴，娇艳的，惹人怜。

那个时候，你会站在桥头，凝望春水，念戴叔伦的诗："苏溪亭上草漫漫，谁倚东风十二阑。燕子不归春事晚，一汀烟雨杏花寒。"

"一汀烟雨杏花寒"，你若错过，又是一年。

一座城市和一个人的距离

城市和一个人的距离，其实，就是街边的一杯咖啡的距离。

为什么会这么说呢？

你想，当你背着电脑，走出办公室的时候，街上的人来人往，行色匆匆；街上的小商小贩，卖花卖水果卖小吃；街角处，写着少年宫艺术教学的地方摆了几排油画，那个戴着帽子的人坐在小凳子上，拿着画笔，若有所思，等着要来的生意，却无人问津；街上各色的车辆，各自奔向要去的地方。这些都从你的眼睛中流过，这些都是你身边的生活，这些都是你所在的城市。

可能你还想着工作，可能你还琢磨着下午的事情，太阳这个时候穿过了云朵，照在街道上，照在你的身上，暖暖的，让你舒服得想眯着眼睛。

初春的暖阳，在西南的这样一座城市实在是很难得，正巧今天碰上。

街边的咖啡馆，正飘出咖啡的香味。

你可能会，短暂地犹豫一下，要不要喝一杯咖啡，要不要坐一下，休息一会儿。临街的咖啡馆，高高的桌子，高高的凳子，落地玻璃窗，适合看街景，阳光照进来，正好一脸的阳光。

如果说这是一个理由的话，怎么舍得拒绝呢？

推门而入，点一杯咖啡，直接到临街的玻璃窗处坐下，双手捧着有点烫的咖啡，暖一暖被春寒吹凉的双手。从包里抽出自己带的一本书，但是懒懒地没有打开。双肘支撑着自己，默默地看着落地玻璃窗外的街道，有花、有遮阳伞、有小商贩、有海报、有公交车、有穿各种颜色服装骑摩托车的快递小哥。初春的时节，初春的城市，生机盎然。

似乎，所有的紧迫，所有的赶，所有的压力，都在这一刹那得到释放，咖啡馆的轻音乐，轻轻地把咖啡馆中各色人等的对话巧妙地覆盖。这个时候，似乎，我们觉得，这座城市，那么的亲近，那么的朴实，并不是那么的遥远，那么的陌生。

一瞬间，能够感觉到城市的脉搏，一瞬间，自己融入了这座城市，这座城市至少在感觉上属于我，而我，至少在街景的元素上属于这座城市的五颜六色。

这便是，一个外地人，在成都生活工作很多年后的感觉：一个人和一座城市的距离，就是街边的一杯咖啡的距离。

成都街边的咖啡馆，成都街边的一杯咖啡，给你触手可及的舒缓，给你一种当下的安然与从容，你大可不必大费周章地去寻找一个难以企及的场所正襟危坐，好好安慰一下自己的紧迫。

曾经，在南方的城市，也在北方的城市，生活、工作过，在疲惫的时候，在夜深人静失眠的时候，会问自己，自己到底属不属于这座城市，在这座城市中，自己拥有什么呢？那个时候，的的确确，除了青涩，就只有青涩。

今日，与同是工作过好几个城市的朋友对坐，聊起一个人和一座城市的感觉，他说："有的城市，大得让你觉得自己很渺小，很无力。"

我觉得他用词太准确了，"渺小"。一个青年人在一座城市，最初的扎根，有茫然，有渺小，尤其是，刚毕业的那几年，并不是在学校课堂上的指点江山，豪情万丈。出了校门，免不了要碰几次壁，免不了要受几次委屈，这个时候会像刺猬一样缩起来，把自己保护起来。

那些所谓的理想主义，总是很不情愿地转化为现实，问一下自己，审视一下这座城市，到底是不是自己安身立命的地方呢？一遍一遍地追问，未来，未来在哪里？这座城市能给自己一个想要的未来么？

　　不知道其他人的青春是不是也经历过类似的踌躇和彷徨。记得在中央民族大学的宿舍中，好朋友给我推荐了筷子兄弟的《老男孩》，"梦想总是遥不可及，是不是应该放弃"，"各自奔前程的身影，匆匆渐行渐远，未来在哪里平凡，啊，谁给我答案"。那歌词和旋律在冬夜里，反复地听，反复地回放，本来就失眠，听了之后，更加觉得冬夜漫长。

　　那样的冬夜，没有咖啡馆，没有咖啡，只有烈酒，只有青春的"狐朋狗友"，我们都在"横冲直撞"，都在踉踉跄跄。春天来的时候，我们没有时间去登山，去踏青，我们没有属于自己的"春风"与"街景"。

　　朋友说，成都的很多地方又开了很多咖啡馆，打算请我去坐一坐，其中一家比较傲娇，夫妻两个从北方的城市过来，什么时候睡醒了，什么时候才开店。不过，他们家的手冲咖啡，不知道要比星巴克的味道好多少倍呢。

　　尤其是他们家店门口的玻璃窗台上放了几本书，适合坐下来翻一翻，不是畅销书，但，你会放下手机。哦，还有，店里养了一只小黑狗和一只狸猫，相伴相随，看到客人来了，就到脚边蹭一蹭，以示友好。

　　有趣的是，猫狗之间关系很是亲密，尤其是那只黑狗，总是领着猫猫转来转去，狗狗走到哪里，猫猫就跟到哪里，猫猫简直就是狗狗的跟屁虫。

"那这家店叫什么名字呢？"我问。

"只记得，店门口围墙是原木直立联排做成的，并且每一根木头上都画着不同人物的表情，院子中的花花草草伸展出来，古朴的风味扑面而来，瞬间就觉得很亲近，很舒服。名字啊，忘了。"朋友说，"回头找一找。"

三月里，乘着高铁看川南

"三月里，菜花开，山前山后采茶来。"

三月里，你若没有到过川南，你就不知道三月里的川南是如何的春色扑面。

参加完学校的集训，早早地赶高铁回成都。或许，平时大多在中午赶高铁，或者下午赶高铁，一路上总还是要不停地接电话、打电话，处理公务，高铁窗外的风景，一幕一幕，从来没怎么关注。

今日却不同，大清早赶高铁，雨蒙蒙，雾蒙蒙，城市都在晨睡之中还没有醒过来。也不可能打电话给大家，只好一个人翻翻书，静静地看着窗外的山村、田野、河流、池塘，还有蜿蜒向远方的小路。

三月的春雨笼罩着蜀地的丘陵，缥缥缈缈地形成了烟雨晨雾。若是在平时走乡串巷的时候也能看到蜀地乡村春色的秀翠：一栋青瓦房，一株梨花树，一池春水绿，一垄春茶嫩，很近，可触，却不会让你有惊艳之感，如同，怎么看，看到的都是一幅山水画的局部，看不出气势来，不会有山河扑面而来的感慨。

因为，"只缘身在此山中"，我们在平视着，驻足着，眼前的小秀色也只是小秀色，无非是精致曼妙，春花翠柳，有着春的信号。蜀地的山山水水也就只是山山水水，却不见蜀地是何等秀丽的蜀地。春姑娘的到来，是如何地给蜀地褪去了冬装，打扮上了春衣。并不能看出读出，春风这位从上天来的春姑娘，舒展长袖，在天地之际，飞天般地巡游，唤醒了山河辽阔的蜀地。

若是你站在高处呢？山河尽收眼底，看到一整幅的丘陵连绵，看到的是春姑娘打扮后的村庄、茶园、果林、河流和池塘。你看到的不是一株金黄色的菜花，不是一丛金黄色的菜花，不是一块金黄色的菜花田；你看到的是金黄的颜色在天地间，浅绿色的衬托，形成各种规则不规则的图形，铺满了一面一面的山，一块一块的田，有的则是围绕着碧绿的河流，沿着河岸的蜿蜒金黄色的涂抹，就如同神仙把金黄色的颜料，用画笔劲道地蘸，均匀地涂抹在丘陵之中不栽树、不建房屋、不铺路、不打理茶园的所有空间。

在高铁上，你不仅仅是站在高处，你还是在高处不断地漂移中，川南的山山水水给了你一个连贯的画卷。丘陵连着丘陵，两山之间，春林雨雾，翠色连绵，让你惊奇的是，两山之间的空地上尽是金黄色的菜花田，两山翠绿，夹着一亩亮彩的渲染，比画的冲击要大得多。

金黄色的菜花田铺满了整个川南，村庄与村庄，民居与民居，农田与农田，小路与小路，水流与水流，点缀在金黄色涂抹浅绿色映衬的地毯上，烟雨蜀地，烟雨川南，一抹雨烟。

在高铁上，透过窗户，快速流动在川南的山野间，这金黄色基调的画卷扑面而来，入目入怀，这不再是局部的画面，这是蜀地山山水水春色的整体展。除了金黄色的菜花田占了大幅的画面，剩下的空间呢？留给了茶园、果林、农院、河流和池塘。

那半山一垄一垄的春茶田，雾气缭绕，沿山周转，峨眉、青神、洪雅、蒲江、新津，这几个地方，境内土质合适，山林荟萃，山泉流淌，很适合植茶树，甚至，有的地方是万亩茶园，成了全国茶叶的优质产地。采茶人不知道是不是也趁早来采茶了，这几天，估计春茶上市，一年来风调雨顺，人勤春早，茶树长得好，茶农们炒茶制茶，定能卖个好价钱。

春雨飘洒的川南，绿水弯弯，这是一片多山多河流的蜀地。高铁上，你看着，不一会儿就是一条河一片村庄，不一会儿，就又是一条河，一片村庄。川南的村庄大多依河而建，有江水河流处，自然就便于耕作，自然会有人家，自然就会有小小的农家院，飘起了做早餐的炊烟，在青绿色的大幕里，显得格外烟火气，神仙也要生火做饭，尝尝人间的饭菜味道。

而有人家之处，必然会有果树，菜田，还有池塘。现在，你就知道有果树？是的，果树，你看，开白色花的一树一树，不是李子树，就是梨树；开粉色花的一树一树，肯定就是桃树。放心，过不了几天，你就能看到桃李压满枝头，酸甜酸甜的味道，一定会让你眼馋。当然，还有枇杷树、柚子树、橘子树、柿子树，总之，四川人的小院，简直就是一座小小的宝库。

有小院的地方必然会有池塘，"半亩方塘一鉴开"，不知道是不是为了便利种水稻、种蔬菜，总要保证水源，才有了家家户户的池塘。或许，是因为家家户户养鸭、养鹅，也或许，是因为家家户户喜欢吃鱼。

正是因为这种生态生活，这种自然田园，川南的农人勤劳奔忙，把生活有滋有味地尝，这些滋味源自川南的丘陵，川南的土地，川南的山林，川南的河流。

春节前夕，家家户户做腊肉，也会做风干鸡、板鸭、腊鹅、腊鱼，配料中放上足足的花椒、辣椒、香料，还有菜籽榨的清油，做好后挂在院子中，山风慢慢地吹，慢慢地入味。

若是川南人来到了城市之中，走南闯北，年关近，做几道菜，总要上自家的腊味，那味道，一上锅，飘出的水蒸气都是川南农家风物的乡愁，配上一杯川南农家小院中地下窖藏的老酒，淳厚绵长，咂一小口，蜀地的山水灵气入喉，周身畅流。

三月里来，菜花儿开，乘着高铁看哦，记得，别忘记尝一尝春茶，要用当地的水。

春水煎茶，山河入怀。

时光沉淀下来的江南

无锡，自古富庶之地。

初次踏上江南的土地，绿树丛生，街道平整，粉墙黛瓦，整个城市是精致的。毕竟是历史文化名城，这里的故事太多了，多的已经数不过来。

太湖就有西子与范蠡，车行过东林书院，我就问出租车司机，这不就是明代的东林党人么？"是的，正是，不过我都没有怎么去过。"

严肃历史的遗迹总是比不上轻松的娱乐消息，恐怕大家去太湖也是为了看西施的住处，而并不是范蠡有多大的吸引力，故而东林党人聚会讲学的地方也并不热闹。

到了荣巷，发现很多民居正在拆迁，还碰到一个老街上的邮差，正在给老客户送报纸，而老宅中的几位老太太已经是满头白发，正放着佛教音乐，晃晃悠悠地出来取信件报纸。

老宅的门口，也正是邮差下车的地方，长着一棵高大茂盛的石榴树，枝叶阴凉，石榴果也挂满枝头，红红的颜色告诉人们它们已经成熟。

石榴树的背后是一面白色的墙，这是江南特有的民居建筑，白色的墙，黑色的瓦。不过大树下面的墙，经过风吹雨打，多多少少长了青苔，再仰望墙头冒出的绿树，更是一番青苔绿树相映成趣的古旧之色。

老宅子的门口是那种特有的铁门、对联、砖瓦、石雕、屋檐，经过风雨的浸润，多少有些岁月之感。顿时有一种涌动，我把小诗写在了手机备忘录上：

江南邮差

九月的秋风里，

石榴熟了，

邮差捎来故人的信，

到老宅，

那是我长长的等待，

一如墙上的青苔。

梵音伴着白发，

迟迟抚信，未曾拆开，

那笔迹，

还是当年稿纸蓝墨水，

还是你少年的握笔姿势，

依然熟悉。

远方的远方，

可知晓我这小小的城，

窄窄的巷，

在一堆瓦砾中消亡。

那年的油纸伞，

那年的折扇，

一别岁月，

竟成江南。

荣巷既是普通人家的街巷，也是源自无锡的荣氏家族的故里。自然是因为荣毅仁家族的历史和影响力，民国时期，荣德生兄弟就已经把民族工业做得风生水起，在整个国民经济中都占有极大的分量，更何况，后来荣毅仁成为红色民族资本家，成为国家副主席，创立中信集团，更是一般的企业家难以企及，研究中国经济发展的，任谁都无法回避荣氏家族。故而，在无锡，以荣氏家族的老宅子为核心延展的区域被称为荣巷，同时还有荣毅仁纪念馆。

而周边的许多民居正面临着拆迁，一片瓦砾，孤零零地留下几座小楼，听出租车司机说，老百姓也想住新的房子啊。

可是，老百姓不知道旅游经济的提升和城市的气质，尤其是历史的沉淀是一个城市的灵魂，老房子一旦拆了，就再也没有无锡文化历史的味道，新修的房子是修不出时间的沉淀感的，时间是不能被欺骗的。没有了时间的见证，新建筑只会是更为商业化、更为辉煌的建筑，但是，它们不会说话，不会说真实的历史兴衰的话，尤其是说不出荣巷老宅附近百姓生活是什么样子的话。

出租车司机是本地人，也和我感慨地说："我们无锡对老建筑的保护，做得不好，老房子都拆了，哪还有什么特色，留下来的只有惠山古镇了，当水古镇南长街都是后来修的，都是假的，所以，我们比苏州差远了，这一点，苏州几乎留存了整个老城，现在苏州才是名副其实的文化名城，那些老房子，都是财富啊。"

他的这一番话，恐怕是无锡市民的切身感受。

下午打车路过江南大学，到惠山古镇，当地人说，这个地方保留了原汁原味的古建筑，他小时候经常路过，至今变化不大。

果然，古树、牌楼、黑瓦、白墙、石板路，入口处牌楼蓝匾上四个金色大字"惠麓钟灵"。走进老街，两旁尽是古香古色的门店，有"无锡老酒"，还有"青山小楼"小吃店、"烟花三月"小餐馆。

在古街道的中心是一处寺庙，上面写着"惠锡胜景"，有工作人员在门口守候，想必是要收门票的。近年我也有些许变化，总觉得景区是让人们开阔视野、陶冶审美的地方，不应该收门票，应该是政府给公众提供的基本设施，甚至说是教育与生活中必不可少的部分。所以，自己也就宁愿去一些不收门票的开放景区。

这片中心地带，有小吃店，也有一个用于抛绣球招亲的五层楼高的绣楼，的确是精致秀美，气势非凡，二楼三楼的木窗雕刻都非常考究。

我也就坐在小吃店"一亩三分田"的凳子上休息下，要了一杯杨梅饮料，十五元，本是兴致勃勃地感受当地的风味特产，喝了两口，打眼一看，大失所望，原来冰杨梅饮料的生产地竟然在贵州。

旅游越来越是一种意义的体验，一种本地化的综合情感品牌的融合，所以，一方水土养育一方人，本地的水土就是本地的味道，若不能够本地生产，则会让旅游体验大打折扣。

让我颇有感触的倒是一对老夫妇，颤颤悠悠地走到"一亩三分田"店门口。老先生戴着帽子，穿着白衬衫，高高的个子，不过已经瘦得只剩下骨架了，白净的脸上有老人斑。老太太也是花白的头发，倒是要比老先生稍微胖一点，只是个头没有那么高。两个人都穿着休闲运动鞋。

老太太坐在凳子上休息。老先生到店里要了一碗豆腐花端出来，我估计也就是豆腐脑之类的小吃。他端给老太太吃，老太太边吃边点评，吴侬软语，我也听不懂。老先生自己不吃，两个人也就只买了一碗，或许就是这样的老夫老妻，买一碗才合适。老先生不吃，他看着老伴儿吃。他抽出一支烟，点上，轻轻地吸一口，吐出来，那副神情，也是很享受的样子。

老来相伴，的确，是温馨的一幕，往往动人的不是大江大浪，而是这不经意的瞬间。

来到无锡，江南，给我最大的震撼其实是审美与颜色，那就是白色的应用。

白色，以无色为有色，白墙白布白颜色的衣服，这种博大和缥缈感诞生了江南的文化与中国山水画的水墨画法。所以，白色是一种朴素，白色是一种发散，白色是一种高雅，白色与黑色的配合，方是这个世界的经典。于是，我便在老街上的二泉茶馆，别有洞天处，觅得二楼的位置，靠窗而坐，看着街道上的行人，还有对面的青山叠嶂，对面的惠山书局其实就是先锋书店。

从山上吹来的秋风，凉凉的，让我慢慢地打盹，慢慢地琢磨此次无锡之行的收获与遇见。

看到对面的先锋书店，竟然从原来在南京的欣赏，变成了一种可怜。一个曾经引领潮流的书店，一个曾经象征城市品位的书店，走进去以后，的确惊艳。

我和朋友分享心得时说：“对面的惠山书局，本是先锋书店，堂皇的装修让人没法看书。”

因为先锋书店的装修惊艳，红色的灯笼，黑色的书架，还有江南特有的黑色的雕花窗棂，其实只是提供一种场景体验，只是用了经典的红色与黑色，似乎是宫殿的颜色，适合拍照，适合"文艺"，适合逛一下就走，但没有让你静下来的理由。

我第一次在书店和茶馆之间，毫不犹豫地选择了素淡的二泉茶馆，抛弃了先锋书店，而先锋书店中只有两个喝咖啡的人，看书的人竟然没有，这样一个书店，我真想问问设计者，你多久没有安静地看书了，你知道看书的人需要什么样的环境吗？

二泉茶馆是一处小宅院，门牌上介绍是清代读书人的府邸。进得门来，有两副对联，一幅是"泉声千古，茶人如初"，另一幅则是"心悦君兮君不知，山有木兮木有枝"。

这两副对联让茶馆有一种风轻云淡的意境，有一种世外隔离的幽静，这便是文化的力量，这才是中华文化的魅力所在。话不多说，简单两句就已经气象万千、格局开阔了。喝茶可不就是求得一个心静，寻得一种意境，开悟一种自我与这个世界的格局么？

到了二泉茶馆的二楼，打开窗，视野开阔，能够看到对面山上的五层高塔——龙光塔。木桌子、木椅子、木地板、木窗子，都是老家具，似乎坐在这儿就有成仙的感觉，武侠小说中的少侠看到街上有人需要救急的时候，总是从窗户飘然落下，或者是一跃而出。我对茶馆的女子说："此处甚好。"

兴致来了，还写了一首小诗，分享给自己的朋友：

一杯茶的时光，
坐在惠山古镇
二泉茶馆临街的窗，
看到对面的惠山书局，
还有翠色连绵的山嶂。
一杯茶的时光，
山风吹来拂过我的脸庞，
凉凉的秋天午后
特有的舒畅，
看到窗下石板街上
行人脚步匆匆
碌碌忙忙，
江南的剑侠门派
都不再有无穷的想象。

且将文字换春茶

"江南二月多芳草，春在蒙蒙细雨中"，川西三月，蒙蒙细雨，海棠带雨，柳丝如烟的时候，颇有一点江南的温润。

不过，近几日，乍暖还寒，成都大街小巷中的咖啡馆和茶馆，阁楼庭院，一座难求，微寒的春雨把人们又逼到了暖炉的相聚中。

人都说春秋佳日最难得，现代人已经对时节不很敏感，冷了热了，总有解决的办法，北方取暖，南方乘凉，舒服的人们早已经远离了自然气候的身体感触。

有得必有失，人们得到了舒适，却失去了古人对季节变化的敏感与诗意。微寒的成都，颇有点杜牧的诗感，《独酌》中写道："窗外正风雪，拥炉开酒缸。何如钓船雨，篷底睡秋江。"

窗外寒雨，室内暖炉，煮茶待客，抑或是温老酒，读旧书，陈年的女儿红，微醺的状态，看窗外草木萌发，岂不惬意？若是小船横移，读书困意，暖酒几杯，听得雨打船篷，滴嗒之声，伴奏成酣，江上的船，江上的梦，都顺流而东。

朋友正好出差去杭州，在朋友圈中写道："烟花三月下杭州。"一句"烟花三月"，似乎西湖白娘子"春雨如酒"的意象相伴而生，不禁令我好生羡慕。

不过，这个季节的江南和这个季节的川西，几乎是一样的细雨缥缈，几乎是一样的草木娇翠。这个季节，正是上山踏青，采春茶的时令。

陈平老友邀请我们几个，"烟花三月下眉州"，他是眉山洪雅人，洪雅西庙山上有着自己的茶园，总是拿洪雅山上的溪水山花、好茶村酒诱惑我们。要不就说："在城里憋坏了，还是一起登山吧，山里面负氧离子高，洗洗肺。"

我们相聚喝茶的时候，他每每都想和我们商量，怎么样让自己的茶文化品牌中能够有东坡他老人家的仙气，甚至会在茶的礼盒包装上专门印上几句东坡的诗词。西庙山高1200米，古树林密，茶园自然清新，云雾萦绕，是产茶的绝好之处。

杭州与眉州，因为苏轼，因为苏东坡，有着美好的文脉关联。苏东坡在眉山出生成长，山水浸染，民风沉淀；在杭州为官，治湖修堤，深喜江浙风物，西子湖畔，吴山脚下，寻古寺，酌山泉，煮春茶，望湖山。

"湖山信是东南美，一望弥千里。使君能得几回来？便使樽前醉倒更徘徊。"在杭州的苏东坡，穿行在十里春湖，漫步在小桥斜阳，野寺听溪，松荫坐卧，信手诗句，快然江南。

李一冰先生的《苏东坡新传》中记载："西湖诸山，盛产好茶，苏轼好饮而无酒量，但却能大量喝茶。有一天到湖上去沿路游览寺院，和尚们知道他讲究茗饮，都以上好泉水烹茶来招待他。一日之间，他竟痛饮酽茶七盏，欢喜得连羽化登仙都不稀罕了，题诗孤山道：'何须魏帝一丸药，且尽卢仝七碗茶。'"

成都今日下了细雨，眉山洪雅今日则是雨雪纷纷，山上的茶叶经历这一番春寒，抽叶发芽，更加青翠，想必那茶叶也更为甘甜，明前春茶，价高也是理所当然。陈平茶园中的"稀妙"品种经历这一番春雨春雪，再经手工炒制，定然"物稀难求。"

收到陈平微信："春茶一份，分享山林春味。"

三月春茶，春意盎然。记得去年，复航复工复产，就曾经到田间地头，到丘陵的茶田里，山气清新扑面，野花幽静，溪水淙淙，在起起伏伏的万亩茶园中与大家一起体验了一番采茶的乐趣。

把绿嫩的茶尖采摘到茶篓中，眼见到采茶的姑娘，手脚麻利，而自己则是笨拙缓慢，半晌也没有摘太多，茶厂的工人看到我茶篓中一小撮的嫩叶，就说："您今天应该知道，春茶贵的缘由了吧。"

知春茶来之不易，便客气地问陈平："什么价，转你，支持兄弟的事业。"

"价就免谈，工钱不免，啥时候也写一篇关于茶的小文呢？平时，读你写的散文，夜深人静，有助安眠。"陈平发来几个鬼脸。

原来，在这儿等着呢。都说"有趣也是一种魅力"，朋友这有趣的建议，还真是能翻出众多相似的典故来。

如《晋书》中记载王羲之："又山阴有一道士，养好鹅，羲之往观焉，意甚悦，固求市之。道士云：'为写道德经，当举群相赠耳。'羲之欣然写毕，笼鹅而归，甚以为乐。其任率如此。"也就是说，王羲之喜欢鹅，山阴有一位道士就养了一群非常俊秀的鹅。王羲之听说后就过去看，喜欢得不得了，就想买下。道士就说："你帮我写一份《道德经》，鹅就归你了。"王羲之听了之后爽快应允，挥毫写完《道德经》，欢喜地赶着鹅回去了，那位道士则是欢喜地捧着王羲之的书法，如获至宝。自此，便有"换鹅书"的典故。

而陈平的老乡，苏东坡大学士，书法在宋朝更是为人仰慕，求者甚众。黄庭坚曾将求苏书的诀窍教给朋友王立之，专门写信叮嘱："来日恐子瞻来，可备少纸，于清凉处设几案陈之，如张武笔，其所好也。"也就是提醒，要想求苏轼的书法，需要备好上好的笔墨纸砚。

至于李一冰记载中的另一则："苏轼在翰林院日，有个朋友韩宗儒，常常托故写封信来换取他手写一纸复帖。苏帖到手，便拿到殿帅姚麟那儿去，换十几斤羊肉来饱餐一顿。黄庭坚听到了这个秘密，便对苏轼说笑道：'从前王右军（王羲之）写的换鹅书，如今二丈（黄庭坚称呼苏轼）书，可名为换羊书了。'苏轼大笑。"

近几日正读《苏东坡新传》，翻到此处，默然而笑，今日之文颇有意味，苏东坡有关春茶一诗："且将新火试新茶，诗酒趁年华。"而我能尝到的春茶，"且将文字换春茶，稀妙谷中自洪雅。"

春山可望，西子可守

　　阳春三月，早莺争暖树的时候，从益州到杭州。

　　沿着苏堤，慢慢地走，随意地看，一路上绿柳依依，樱花满径。西湖风吹动的浪打着岸边的石头，一对一对羽毛鲜彩的野鸭子灵巧欢快地在春水中钻来钻去，或者是卧在湖边的树杈上休憩。远处的春山，隐约翠色的轮廓，层层叠叠，铺开一纸水墨，楼台亭阁与游船构图组合，想起一句"螺髻青浓，楼外晚山千仞，鸭头绿腻，溪中春水半篙"。估计古人就是在西湖边这个季节写的。

　　西子湖，淡妆浓抹相宜，每一次来都不曾厌烦。

　　过望山桥，我给朋友发了个微信说："春山可望"，空气清新，树叶萌嫩，那种新绿有一种灵动感，在你的眼神中是那么的舒服，那么的春的感悟，尤其是春雨洒洒，刚刚好正是"苏堤春晓"的景致。

　　而此时节，西湖核心区的茶山上正是忙碌的时候，整个梅家坞更是家家户户炒茶忙。明前的龙井茶，一斤要一千多元，即便是北宋元祐四年（公元1089年）在这个地方任知州，带领百姓修筑苏堤的苏东坡穿越回来，恐怕也是望价却步的。估计，喜爱喝茶又讲究喝茶的苏学士，只好到附近僧友的寺庙中蹭点茶喝了。比如灵隐寺，那里多有众僧们自己的茶园，自己种植，自己炒制，山泉水煮茶，这才是人间至味。

出苏堤，往右拐，沿着湖边一路走来，寻杭州人文书店的名牌，"纯真年代书吧"，说是在保俶塔下。

经过几个古香古色的博物馆，以及颇有几分民国风建筑的新新旅馆，导航竟然引导往山上走。从湖边左拐进去，一条窄窄的上坡路，前方似乎已经没有路了哈，远远的，看见的是笔直矗立的保俶塔，青灰色的塔尖在绿色的山上，近处则是绿色掩映的上山阶梯，旁边的竹林高大茂盛，这哪像有书店的样子的呢。

既然已经走到此处，还是问一下停车场的师傅："师傅，请问，这附近，可曾有一个书吧？"

"上面"，师傅正忙着指挥停车，往山上抬手一指。

还真在山上啊，抬腿就往上走，翠绿丛丛中，几位少女正在拍照。山景台阶相映成趣，果真是"山重水复疑无路，柳暗花明又一村"，看来纯真年代书吧，不简单，竟然有点像名刹古寺一般，藏在了青山隐隐中。

既然是来寻，那么，这个"藏"也是理所应当的。

　　拾级而上，忍不住停下来看幽幽竹林，青青挺拔，地上的竹笋更是生机盎然地钻出了地面，左右皆竹林，风起时，飒飒的竹叶声，宁静安神。

　　半山腰，一面巨石上刻着"宝石山"三个大字。原来，此处山名为"宝石"。转而继续向上，杳然能够看到房子的屋檐，想必就是"纯真年代书吧"了。

　　一路台阶不曾停歇，走到门口的时候，惊叹胜地风景独占，这个书店不一般啊。驻足在书店门口，进门是书茶心境，推窗是一湖山水，如同名士藏于古山，卧听松涛，静观西湖，诸多俊秀都奔涌入胸怀。

　　这样的地方，多么适合半卷诗书枫林晚，一杯春茶添山泉。何况平台上多放置桌椅，在大树下设了茶座，想必不下雨的时候，茶客们更愿意在这山风相伴的地方，吹着山风，看着西湖上影影绰绰的船，恬恬淡淡。

　　两边门柱，一副对联："吃茶去何问衣冠锦绣，读书来堪令襟袍纯真"，书法飘逸洒脱，顿生清气。进了书店，在临窗的第一个位置坐下，视野开阔，对面读书的女子起身打开了窗户，转过脸，痴痴地望着那窗外的一湖风景。我想这书店的设计本就是给读书人，从书中的风景到窗外的风景，一个低头抬首，短暂间歇的享受。

　　有意思的是，在茶桌的玻璃下，压着陈年发黄的报摘，粗粗浏览，才明白这书店的来龙去脉，这书店是杭州一城的点滴文脉。报纸上有一段文字："书吧是盛子潮和圈中朋友敞心畅谈的场所，诺贝尔文学奖得主托马斯·特朗斯特罗姆、莫言，诗人北岛，作家余华、舒婷、陈忠实、麦家……都曾来过。作家叶兆言说：'文人最喜欢相聚，到四川成都不能不去女诗人翟永明的酒吧，到了杭州就该去盛子潮的纯真年代。'"

这张报摘上是记者殷军领的一篇文稿，题目是《爱喝酒写童话的文学才子盛子潮昨天作别杭州》，文中言及盛子潮生前为浙江文学院院长，浙江师范大学中文系毕业，为夫人创建这家书店，承载一个"纯真年代"的爱情象征，而靠门口的座位也正是他喜欢坐的。殷军领来写这篇报道的时候，估计也是在这个位置坐下，他写道："我在这个位子坐下。抬眼是西湖，低头是图书，这里的确适合放空心灵，放远思绪。"

文中写道，盛子潮在南方城市遇到了他的意中人朱锦绣，相识相爱，并在杭州这座城市生活，为心上人专门在2000年开了"纯真年代"书店。2009年9月，因为房租涨价，书店行业经营不易，便迁到了宝石山。殷军领写道："沿宝石山下一弄一路向上，行至两尊佛龛和一座牌坊前，右转拾级而上170级就是这家书吧。共分三层，环境清幽，古朴典雅，若有若无的音乐声，仿佛升腾自心灵

深处。"

　　殷军领用了一张盛子潮的照片，上面有一副对联，是莫言写的"看山揽锦绣，望湖问子潮"。把纯真年代书吧的创始人盛子潮、朱锦绣两个人的名字，和西湖山水一同镶嵌入对联中，实在微妙。

　　起身转了一下，才发现，原来书吧内几乎每一张桌子上的玻璃下面都有报摘，有的记载杭州独立书店的活动，有的记载杭州文学在书店的发展，总之，那一份对文学的担负感，实实在在，难怪人都说，纯真年代书吧，是一群文人的聚集地。

　　每一个书店都有自己不同的故事，而纯真年代书吧的故事，守着西子湖，也守着内心的那份纯真，送给每一位到来的人，一份深情，一份叩问。不仅仅是窗外的山林，鸟鸣的清脆，更是有一种可以触摸、可以感知的真实，尤其是，对一座城市气质的注释。

　　或许，古往今来的西湖胜景也源自于山泉水般清澈的文脉，尤其是那些爱山水爱文学的人，在古树下，看着对面的山形舟影，雨雪风霜，甚是不同。

古寺无人茶座静

朋友几人路过西湖，又舍不得这样的机缘，总要亲近一下，时间有限，只好散开各自随意，商定一个小时之后汇聚在"断桥残雪"处，上车回城。

一个小时的时间，游西湖，怎么可能够呢？西湖可不同于其他景区，非要走马观花一番。游西湖，是一种心境，尤其正是"人间四月天"，我宁愿在西湖边，静静地陪着西湖，慢慢地拉长这一段时间，不那么的局促苍茫，才是相看两不厌。

于是，沿着西湖边的街，在老树下信步穿行，正好发现一处台阶，便顺台阶拾级而上，上山的小路两旁，隐隐约约地藏着些院落，都躲在郁郁葱葱的树荫下。这些院落多是矮矮的院墙，墙头上杂草翠绿，似乎要与西湖的绿配合得体。一路散行，这些小山路，小院落，都浸润着一种西湖边的山气水雾一般，浑然一体，绝没有突兀之感。

半山坡上，一座小院，白墙墨瓦，一米宽的小门紧锁着，能够看到房顶上的瓦缝中长出了不少的青苔，门牌上写"北山街24"，台阶上的花盆里种着君子兰，长得很好。

　　"不知道是什么样的人家能住此福地，面朝西湖，背依青山，若是在院子中清风赏湖，必然是妙不可言。如今，小门常锁，想必是过往游客多，不想被扰，留得独享的一份清静。"我默默地站在门口，琢磨了一会儿，稍停了片刻，便绕过此人家，继续上行。

　　上行，"北山街25"，又是一个小门，紧锁，而且这个小门紧贴着旁边的石壁而建，门上绿藤环绕。这个铁皮门不是坡下邻居的铁栅栏门，也就看不到院子中的情景。

　　仍然是绕行，上山，却能闻到浓郁的花香，依照在成都闻过"升庵紫藤"的香味判断，山上有紫藤花。到了半山平台处，果然是巨大的老藤有腾空之势，遒劲盘旋在半空中，主藤已经有碗口粗。那种惊人的生命力，错综缠绕，让人先看到藤，之后才看到那些垂下来的紫色的花儿。与横空出世的庞大紫藤为伴，相互支撑的，是从半山石头长出的老树，这简直就是一种从石头中伸展出来的奇绝之境。

　　为什么说是奇绝之境？因为，低下头才发现，脚下踩着的是山，山边边上是悬崖。定睛，神奇地发现一座小小的院子，藏在半山悬崖的崖底，像金庸武侠小说中世外惊现古刹一般。是少侠出山前习武的地方，抑或是少侠闯入了奇境，会碰到那一闪回眸的意中人？也特别像张无忌碰到小昭那一段，有惊无险。不能再想了，武侠小说看多了。我站在悬崖顶端欣赏紫藤与老树，而悬崖大约高二十米，站在边上的确有点惊险，不敢太靠边，晕高的人是会晃的。

崖底，小院，几栋瓦房环绕，稻草覆盖的房顶，茅檐旧色，青苔泛绿。院子的一侧竟然长出几人环抱的参天银杏，整个地把小院子呵护下来，庞大的树冠用嫩绿色隐蔽着整个小院，院子的地上又是未曾扫过的一地往秋的银杏落叶，沧桑陈旧之色铺地，对比着一树的新绿，是生命絮语，还是一道禅机？站在那里，我痴迷的，不知道西湖今日里，给我点化出如此独特的记忆。

院子围绕参天银杏，凭仗悬崖巨石而成，而巨石呢，被紫藤树所遮掩，隐隐约约能看出曾经雕刻的痕迹，只是看不出雕刻了什么，巨石面前似乎有一个香台，有香火的痕迹，想必曾有人来朝拜过，香烛还在。

大树下，有石凳，有茶几，虽然落叶满地未曾扫，可是石凳和茶几却非常干净，当是主人常常清扫，或许是故意留着一院子的落叶，满满的都是四季，都是诗意。茶几上，一个小小的长颈花瓶，孤零零的却又略显秀气地放着，花瓶中插着三四朵绽放的海棠花，算是这一院落中陪伴旁边几个老石凳孤寂的生灵气？

当然，还有更有趣的，院子中间竟然放了一张长条木桌，厚重的材质，桌子两边各摆放了整整齐齐的三张藤椅，桌子上依然是浅蓝色的花瓶，花瓶中插了一束白色的花儿。呀，呀，这是什么地方啊？这个地方又住着什么人呢？是什么人将这么神秘的地方打理？

落叶满空山，桌椅客来稀，石凳伴古藤，老树发新绿。

小院自幽静，此处无缓急，藏拙伴西子，一花人飘去。

这，或许就是半山绕过的"北山街25"，看得我沉迷，不愿归去。

回转身的时候才发现，一块石碑，刻的字有介绍："大佛寺"，"相传此处为秦始皇缆船石所在。五代后周显德三年（956），吴越国王在此兴建僧院。北宋宣和六年（1124），僧思净镌石建弥勒佛半身像，上覆穹殿寺，遂名大石佛院，后世俗称大佛寺。后寺庙屡建屡毁，现存弥勒院为清同治年间（1862—1875）重建的木结构建筑。寺院东部现存半身石佛残迹、东壁的5尊摩崖造像、明代题刻及清代青龙皇帝题诗等遗迹。"

原来，此处竟然如此传奇，怪不得此处气势有浑然磅礴之力，"石佛残迹"有古藤相伴，有古树荫蔽，安安静静，陪着西湖的四季。

下山的时候，想起六祖慧能的诗："菩提本无树，明镜亦非台。本来无一物，何处惹尘埃。"不扫的院落，不需要扫的心境，一如山泉水般清澈。

缓缓下山，看到山路上已经有人在择这一处风景留影了，陡然间觉得眼前所经历的这一切都是那么的熟悉，似乎前生前世就已经遇见过，这瞬间的熟悉倒是一点也没有让我觉得惊奇，反而觉得，或许真的是有前生前世，自己是不是已经入住了西湖的小院落；也或许，此情正合适心境，便有了相识如旧友的感念。于是，下台阶，不断重复着六祖的诗句，眼前已经是西湖断桥的影子了。

苏轼写过一首《过旧游》："前生我已到杭州，到处长如到旧游。更欲洞霄为隐吏，一庵闲地且相留。"是不是，我也有了对西湖旧地熟悉的感觉，犹如对一位老朋友，走走送送，已是一亭又一楼。

如同，那一日，西湖畔，半山小院，古寺无人茶座静，既无尘埃，落叶自不必扫，任他春来秋往，烟雨迷茫。

山居凌云枕青衣

　　傍晚时分，窗外的燕子在青衣江面上回旋，远山在霞光中隐退，晚春初夏的青衣江，江面色彩斑斓，江岸翠色连绵，舍不得这一幕流转，我呆呆地驻足在江边树下，把这段奇妙的时光风景陪伴。

　　作为中原人的我，儿时没有江边漫步的经历与体验，但对唐诗中的风沙黄河往往很是通感。如今才知道晚霞映照的江面，唐诗中早已经写出了它的美感："一道残阳铺水中，半江瑟瑟半江红。"没有江边的生活和漫步，怎么会有如此丰富的诗句？古人，当年也应是在江边的傍晚，有一份留恋。

　　青青凌云山，淼淼青衣江，青衣江绕着凌云山，凌云山伴着青衣江。在凌云山的江边小道上看到这一幕，顿觉天地之宽，山河之盛，云山霞江。眼前之境，心中之气，呼吸吐纳，开阔通畅。

古人的文字轻描淡写，却能让你生出一种敏感，甚至有一股子"仙气"在。若说这"仙"，"人"在"山"边则为"仙"，这字造的多么的是神奇，人不在山边，不接触天地灵气，怎么可能会有飘飘然的仙气呢。

古人，比现代人恐怕要爱生活得多，他们喜欢安安静静地听风听雨听江听松，他们喜欢悠悠然然地观山观竹观月观云。陈继儒在《小窗幽记》中写道："江山风月，本无常主，闲者便是主人。入室许清风，对饮惟明月。"那份散淡，今人只有羡慕的份儿。"雪满山中高士卧，月明林下美人来。"

在古人的诗句中，树上落下的果子，"扑通"掉到了水塘中，或者是江边的静水中，小小的声音也能够被听到，因为心静的已经入了境，没有那么多俗世俗事的烦扰，也没有那种烦躁感。

而我刚刚接了两个业务电话，就已经填满自己的思绪，开始谋划五一之后的工作出行，至于微信之中，也有朋友在约，是不是五一回老家，大家碰一碰。

有时候我就纳闷，我们咋就不能偶然随行，不期而遇呢？或者是山中的小路上，或者是街巷的茶馆中，或者是城市的咖啡馆中，一种偶遇，一种惊喜，相逢寥寥数语，各自散回江湖之中，不用那么刻意，"马上相逢无纸笔，凭君传语报平安"，从容，足矣。

我们可以留一点点的精力和时间给自己，去看那树枝发出的新绿，蔷薇钻出石缝的花朵，还有草丛中的蝴蝶，嗯，这个世界的充盈感就回来了。似乎被日常所挤压的枯竭感一下子就消失消散，仿佛内心遇到了源头活水般的浇灌，那种泉水的充沛感，又盈盈地清爽地抵达了心泉。

　　就在凌云山脚下的小院寻了一处茶座，坐下，抬眼，满眼都是凌云山的山绿，点了一杯绿茶，还有茶点。玻璃杯装着的茶，喝了两口，总觉得歉歉的，于是，起身找店家要了一个盖碗儿。

　　定睛一看，这白色盖碗印着特有的绣球花，墨绿的叶子，白色的花瓣，淡黄的花蕊，把随身带的"鹿鸣玉片"倒进去，开水冲泡，舒展出来的茶香才最配这山下的小院落。

　　也许是王维《山居秋暝》的禅意给了浙江民宿主人很多启迪，那一日在杭州出差，在茑屋书店随手翻了一本关于民宿的书——《山居莫干》，主要是写莫干山上的民宿。当日，机场相逢，同机而乘的朋友，巧是去莫干山谈民宿，希望把莫干山民宿的模式引入蜀中。如今凌云山下的小院，隐藏在凌云山下，青衣江畔，依凌云，枕青衣，不正是吸纳了这天地间的灵气？润着小院中的人。"山居凌云枕青衣"，一山翠色，一江涛声，身在，心在，岁月不在。

晚灯初上，小院中飘满了茉莉花的香味，白色紫色杂然的双色茉莉开得正盛，我踩着碎石子铺成的小路，在大树下来回走了几步，山上的凉风已经吹来，似乎提示，不适合在外面坐了。

　　暖亮色的茶舍灯光映照了整个小院，把山水之间的夜色做了一份可爱的涂抹，让一个异乡人找到了家的感觉，想栖身在这片山林，哪怕是短暂的耕作。

　　院落中放出的老歌，"让青春吹动了你的长发，让它牵引你的梦，不知不觉这城市的历史，已记取了你的笑容……"老旋律总是一种莫名的侵袭，似乎感受到自己离开了曾经的自己，是那么的远，那么的无助，在这种无力感的触动下，小院的境遇给了一份短暂修复，一份涌动的倾注。

　　"山居凌云枕青衣"，窗外的山，窗外的江，会给你一个好梦，宁宁静静，恬淡的入梦。

天台山徒步，萤火虫满谷

黝黑黝黑的大森林里，远远地传来山泉瀑布的咆哮声，若不是景区偶有游客打着手机的灯光来寻民宿，恐怕是人们要在山林游荡困迷而不知出路了。山林空气中弥漫着树木的清新，和特有的苔藓的味道。

大约晚上七点多的时候，在民宿院子中几棵挺拔老松树下的秋千上荡了几下，就到餐厅点了几道特色菜：竹笋炒肉、茶叶炒蛋、凉拌蕨菜、蒜炒马齿苋、野椿芽炒蛋、野芹菜炒肉。

店里女老板利落地说，竹笋、蕨菜、马齿苋、野芹菜是院子外面山上长的，就地取材很是方便。她还说，五月初，天台山的野椿芽才刚刚长出，正是好吃的时候，其他地方的椿芽早已经不能吃了。这句话，很熟悉的感觉，那就是山中微寒，时令较晚，"人间四月芳菲尽，山寺桃花始盛开。长恨春归无觅处，不知转入此中来。"

至于茶叶炒蛋，她专门向后厨的大姐问："客人点了茶叶炒蛋，后厨，还有没得嫩茶叶？"后厨的大姐应声说："后厨没得了哈，不过，马上去后山摘一把就是，新鲜。"

两个人这一番问答也同样给了我们熟悉的意境，这种意境，其实是一份温暖场景中的情感认同。"夜雨剪春韭，新炊间黄粱。"杜甫在《赠卫八处士》一诗中，把山野夜色中的一份暖灯，朋友相聚，写下"今夕复何夕，共此灯烛光。"

原来，在这种荒野的山林漫步，野村的小店淳朴，古人竟然能瞬间将那一份细腻的情感表达在诗句中。就在这凉夜暖灯时分，要做晚餐的时候，主人家披上蓑衣，从后院的菜园子中剪几把带着雨露的、鲜嫩的春韭菜，那味道一定清冽无比，只是不知道是否用来炒鸡蛋。然而，一句诗却温暖了一千年，相似的场景中找到了相似的触动。

山野风味，入口清爽，清脆留香，朋友们边吃边啧啧称奇，不禁感慨大自然的奇妙，这些桌上的好味道都是山林的馈赠。人类本就是从莽莽苍苍的原始森林走出的，这些野菜本就是当年祖先们采摘生存的印记，只不过历经千百年的进化发展，人们已经熟悉了城市的生活，而这些山野菜，依然安安静静地躲在深山老林，慢慢地生长进化，或许就没有什么进化，也没有什么变化，只要人类不来打扰它们，偶尔也只有大熊猫们从它们身边经过而已。

晚餐后山林的夜色更浓，院子周边的灌木丛边已经有游人叽叽喳喳地欢叫，原来，萤火虫们都出动了。

夜空中，它们开始像小星星一样，很小很微的亮光，那亮光，浅绿色的有、蔚蓝色的有、淡黄色的有、亮白色的有，每一次的亮光似乎都是在夜色中平添一种神秘和奥妙。萤火虫越聚越多，半个时辰的功夫，满山谷中都是，很像小时候仰望夜空的银河，只不过没有银河那么的繁星灿烂。

它们慢慢地在黑夜中飞来飞去，绕来绕去，一会儿停在某个位置，那当然是一枝灌木的枝叶上，忽暗忽明，一闪一闪，有一点俏皮的感觉。

一会儿就又飞动了，只不过没那么高，没那么快，甚至都不叫飞，应该叫绕，总是不愿意在一个地方亮灯，而是去寻找它的伙伴儿，似乎是欢快的约会，在小范围的距离追逐一样，你追我赶，你等我来。星星点点，点点星星。

于是，一整片的灌木丛，一整片的半山坡，一整片的山谷，亮晶晶的荧光，忽闪忽闪的。这一番情景是难以想象的，呈现出童年的梦幻一般，怪不得，大家都觉得萤火虫是一种童年梦。因为，城市生活中，乡村生活中，人口太多，霓虹太亮，树木太少，早已经没有萤火虫生存的空间环境。

那，若说，萤火虫是一种情感的浪漫呢？那是因为一种奇妙，一种难得的奇妙，甚至说是奇妙的体验，奇妙的相伴。陪着一个人经历最奇妙的人生体验，恐怕那才是最珍爱的恋。

看完萤火虫，山行几里，回到住处，听到窗外雨打林叶声，最初还响了几声惊雷。家人便关上窗户，静静地听雨打屋檐、雨打山林的声音，"空山听雨，是人生如意事"，竟然不知不觉，已经是第二天的清晨。才明白，山中梦更甜。

由于居住的民宿是一栋独立的四层小楼，在建筑设计的时候就顺山势而建，契在两块巨大的山石中间，树木从山石周边长出。早晨开窗的时候，不仅仅是满目的翠绿，站在窗户边向外看，哇，那纵深的丛林深处，层层叠叠，从地上的野草野花，到低矮的灌木丛，到高大的楠木、松树，立体的绿色屏障无限延伸，或许正是此原因，店家取名叫"醉山林"。

最舒心的便是那些树干上的青苔，还有山石上的青苔，这足以说明山里空气清新，雨水充足。阳光照射过来，青苔的颜色更加鲜亮，甚至能够看到青苔的蕊和绒毛。看着这样的窗外，有心肺清洗、周身通畅之感。何况是一夜雨声，加上晨光和鸟鸣萦绕，不觉然，山中若长住，断然不知岁月的变更。

天台山的森林中都是巨大的古树，古树上垂着藤萝和绿色的菌类，而且山势连绵，纵横无边，可不是那种几个小山包的小山，转一转就算是登山。当地有民谣："天台山，天台山，一重天台一重天，重重天台上九天"，以言天台山不仅山势恢宏，而且山势极高，在山顶处还有溪流、瀑布、小湖，所以古往今来都是宗教圣地。诗人陆游当年入蜀，曾任邛州通判，主政天台山和尚衙门，协调处理过各宗教教派的纠纷，深受教众拥戴。至今都留着一个叫"和尚衙门"的景点。而他自己也喜欢这山水福地，还写了《天台院有小阁下临官道予为名曰玉霄》："竹舆冲雨到天台，绿树阴中小阁开。膀作玉霄君会否？要知散吏按行来。"

天台山不仅是原始森林密集，而且竹林也多，泉水也多。此处的竹子不同于其他山上的细竹子，是成片成片的粗壮高大竹子，可以用来建房子的那种。五月初是冒竹笋的时候，从地下钻出的竹笋像一座小塔，稍微生长就是一杆粗壮的竹子，仰望有四五米高，于是乎，每一片竹林都是一片荫凉地。山风吹过，那种清凉的惬意颇有云中的飘逸。

我便拎了一把山民们自己做的折叠小竹椅，夹着一本随行的书《古画里的中国》，找个安静的地方翻一翻书。

面前的这一处竹林是再好不过的地方了，清风翠竹，山气鸟鸣，放下小竹椅，把装了正山小种的茶杯也带上。翻两下书，喝两口山泉水泡的茶，与书中有趣的诗人对话。

书中正读到唐代诗人韩偓的《偶见背面是夕兼梦》，说是他看见一位女子的背影，当天晚上竟然梦到了这位女子，"此夜分明来入梦，当时惆怅不成眠。"我读到此处欢欣不已，顿觉诗人，才子青春，坦诚有趣。是啊，有多少梦，梦醒的时候多少有一点点懊恼，尤其是那些不愿意醒来的梦。

想到这儿，忽然觉得现代人的假期，在纷忙状态下钻出来的空隙，假期尾声的时候，人们便不愿意不舍得结束这样的好时光，会不会也生出一种懊恼。这真的像极了韩偓那首诗中梦，不愿醒来。

比如，现在的我，这个时候，只有山风，只有竹叶，它们的絮语才是与我一起，在这样的梦里，有了难得的相逢相遇，相识相伴。

依着小竹椅，趁着大清净，翻书的小间歇抬头瞄一眼竹笋外壳的脱落，与它的生长一起舒展，舒展的不仅仅是心胸，还是眼睛，触目新绿，山林含笑，这种环境下读书，简直就是奢侈啊。奢侈得让你，走路都不敢太快，就想在这山林之中"醉"上半个月，与那些山石上的苔藓一起呼吸山中的仙气，沁润山泉水的甘甜和清澈。

李庄半日，浮生晓梦

上午在办公室开了一上午头脑风暴会，我起身站在办公室的玻璃窗前，伸伸胳膊，凝神远望，满目青绿，不禁感慨地说："这座城，其实是依山傍水的小城。"

朋友在旁边说："若是想在江边坐一坐，不妨下午的时候，咱们就到李庄吧，那里有江边的茶馆，喝一杯茶，配点李庄的白糕，安安静静地在老茶馆，呆一呆，聊一聊。"

于是，朋友几个人开车一路雀跃地奔向李庄。路过陈塘关，朋友兴奋地给我讲："哪吒，拿扎，就是在这儿闹海的，当地的政府没有意识啊，要是让我来，一定把这附近的几条老街都打造成拿扎的模样，到时候肯定会成为重要的景点。"

他们一边比画，一边给我指出这一段长江中的几条长长的龙脊石，在枯水期，几条龙脊石就会清晰地露出水面。黝黑黝黑的龙脊石蜿蜒几千米，嶙峋的样子的确很有气势。而且附近的山上还有哪吒的行宫。他们说得兴高采烈的时候，我想起前两年，朋友发了几张哪吒行宫的照片：哪吒的雕像前摆放了很多的祭品，自然大部分是香烛水果之类，有趣的是，哪吒的脚下还摆放了小猪佩奇的玩偶和塑料水枪。

　　或许是哪一位小朋友，跟随大人们来山上祭拜哪吒。想到哪吒一个人在山上不好玩，既然也是孩童，就应该喜欢小猪佩奇的相伴和塑料水枪玩具。看到这一幕，我就想，哪吒要是有灵，一定会说，这是他最喜欢的玩具。甚至在长江中玩耍的时候，会带上小猪佩奇和塑料水枪。正应了动画电影《哪吒之魔童降世》中贪玩的哪吒形象。

　　走在李庄铺满青石的老街上，两边卖白糕和白肉的店家，一个个悠闲地打理着自己的店铺。那些包装成大一点的火柴盒样子的白糕，整整齐齐，干干净净。李庄的白肉非常有名，大刀片子在师傅的手中，横切煮熟的白肉，切出来的便是薄如纸张。街边店家的展示让你觉得，这些传统的小吃简直不是商品，而是带有艺术范儿的工艺品。

　　躺在一家店铺门口石阶上的橘猫拉直了腰身，四脚伸展，呼呼起伏的白色的毛茸茸的肚子大胆敞开，安然酣睡，从它享受的睡姿上就能知道，岁月沉淀的老街给了它安全怡然的睡觉环境，尽管肆无忌惮地睡觉，没有人会打扰了它"抓鱼、吃鱼"的美梦。

　　"李庄,不像别的古镇,那么浓的商业气息,这个地方的店家本就是在这儿生活的人,卖多卖少不在意,一天一天的日子,过得惬意。"朋友的一席话很快就有了印证。穿过青砖老街巷,拐弯儿的地方是一家古香古色的咖啡馆,夏日蓝色的绣球花在门口开得正盛,两张竹椅子摆在门口小木桌的两边。店老板是一位中年人,他看到我们进来张望,竟然没有赶忙张罗招呼,而是自顾自地端了一杯咖啡,松松垮垮地穿着拖鞋,坐在门口的椅子上,跷起了二郎腿,午后的阳光斜着屋檐下来,他微闭着眼睛,头仰在椅背上,独自享受着他的午后咖啡。

　　"这位老板儿,真是算上一位仙儿了,生意做得不是服务,是一种自个儿的高兴。"朋友点评说。大家也一阵地说说笑笑,无不羡慕。

　　在这位老板儿怡然自得的咖啡馆的窗户上敬着一尊佛像。窗棂外面,左腿盘地而坐,右腿支着双手,头微微斜,将脸颊轻轻地放在自己双手覆盖的膝盖上,双眼微闭,似乎要打个小盹,却又像在沉思,又不像众生紧锁眉头,苦闷沉思的样子。佛祖的思考,眉目舒展,嘴角带笑,毫无费心费神之意。

　　白色的衣裳,蓝色的纹路,有点青花瓷的感觉,尽管身上还沾些泥土,那份舒适感,你看了也会有一种会心的赞许。似乎，佛祖，觉得，即便是屋檐下，窗棂上，也是最好的打盹之处，可以西窗听夜雨，可以屋檐听燕呢，闲看花开，随意当下，尽是修行与禅意，如今是不是，给我们这些相逢的人们一点启迪？

启迪我们，任何不完美的境遇都会碰到，需要的是融入当下，融入草木土壤。扎根生长出来的生活自我成长，去探究其中的乐趣，于是便有了完美的感觉与乐趣，因为，人世间本就没有所谓的完美。若是佛祖在"完美"的地方打坐讲经，大殿庙宇，众生围聚，可能就听不了李庄江边的夜雨，可能也就没有呢喃的燕子，没有咖啡豆的醇香了。"岁月虽悠长，当下细思量，燕子同一窗，夜雨听李庄。"

"说来也是有意思，当年，那些大学内迁，师生们本是计划要去南溪的，谁知道走到了李庄，就觉得这一处僻静，适合做学问，于是，傅斯年、李济、梁思成、林徽因、董作宾为代表的学者们便与李庄结下了不解之缘。这里曾经有营造学社、同济大学、金陵大学的相关院系，当时与重庆、成都、昆明并称为四大抗战文化中心。"

很明显，朋友是个喜欢李庄、爱李庄的研究者，走过祖师殿的老院子，门口挂着牌子"国立同济大学医学院旧址"。朋友像导游一样侃侃而谈："当年，同济大学的师生在这儿上解剖医学课，一个泥水匠不巧看到，以为医学院的师生们在'吃人'，于是谣传四起，直到医学院举办了人体解剖展览才算平息。"

祖师殿历经风雨，已成历史陈迹，老砖石老木材虽是无语，却默默地诉说，它们所见证的那一代知识分子，万里奔波，却坚毅执着，砥砺山河。一方面是李庄父老慷慨以待，"同大迁川，李庄欢迎，一切需要，地方供给。"另一方面，这些研究院和大学的知识分子群体给李庄带来那个时代的新锐之气，以至于到了今天依然惠泽李庄的文旅。文人的灵魂与滋养的底气，只有你到了李庄，才能感受到历史留下的不仅仅是印记，更是那种老街巷之中飘逸的前人后人毫不陌生的相遇与文脉传承的熟悉。如同人的筋骨之中藏着的一股真气，运行起来荡气回肠，奇力传递。

我们转了几个老街才走到语巷慢时光。土坯墙上挂着生了锈的招牌："语巷"，标识的底色图案是川南民居的轮廓；墙根儿长着一簇茂盛的绣球花，粉红色的，映衬着旁边天蓝色的长条木椅，反而觉得清爽舒心。

在这样花木扶疏的画面中，一只黄白相间的肥肥大猫咪，正伸展横躺在长椅子上，呼呼大睡，也是毛茸茸的肚子敞开着，四只脚的肉垫都肆意地舒展，毫无戒备地踏实睡大觉。

一面黄土墙、一簇粉绣球、一条蓝木椅、一只憨猫咪。

任你怎么叫猫咪，人家都不理，这觉睡得香甜沉寂，估计猫咪在嘀咕，最讨厌这些所谓的游人，打扰本猫咪的休憩。女店员在门口和我们打招呼说："猫咪见过很多的游人，傲娇得很，它睡足了就会到处溜达，现在，你们怎么打扰它，它都不愿意理你们的。"言下之意，在猫咪眼里，游人见多了，没有啥稀奇，也没有啥了不起。

店里有书，有二楼阁间，推窗可见对面翠绿的黄桷兰树，还有门口水池中盈盈的五六荷叶。店员端上一盘白糕，我们打开自己带的茶叶，正准备喝茶，尝一下白糕。

定睛看到茶桌上有一玻璃杯，盛满了清亮的水，水面上漂着洁白的栀子花，一看便知是刚采摘下来的。顿觉一室清香，半日翩翩。

阁楼的墙上挂着林徽因的诗："你来了，画里楼阁立在山边。"我在想，是不是他们也曾经来此画里楼阁喝茶？看对面的黄桷兰？摘了栀子花放在水杯里面？"你来了，花开到深深的深红，绿萍遮住池塘上一层晓梦……"

默念这句诗的时候，半日李庄，浮生晓梦。

夜深了，窗外下起了小雨

　　每当出差或者旅行，住酒店或者是住民宿的时候，总会看到房间中书架上、床头柜上、茶座上摆放着几本书，有的是与环境浑然一体，有的则显得格格不入。有的书似乎本就是应该放的，有的书似乎算是摆设，多此一举。

　　对于民宿这个行业摆放书这一行为，或许是宁静的象征，希望客人们能够享受片刻的闲暇，能够随手拿起一本书，翻一翻。当然，极有可能这种刻意营造的书香并不能起太大的作用。

　　但是，资讯太多太快的今天就大不一样，尤其是民宿，没有书籍的点缀，没有书香的渲染，似乎缺了一种躲避都市喧嚣的凡尘、飘逸归隐山野的气质，得了躯壳，却不得灵魂的灵气和生机。

　　一位走南闯北的老友一次和我聊起民宿，说道："民宿的样子，便是民宿经营者的样子，这样子是清新秀气，还是一脸市侩，看那书架上的书目，便可知其一二。"

"有一次，在一家民宿的茶桌上，店主人专门放了一本唐诗集，线装本，白描的插图。我当时正感到疲惫，想躲一躲工作上的尘嚣，顺手翻一翻，几杯暖茶相伴，感觉体内真气充盈，顿觉踏实沉稳。于是，我就在离店结账的时候把这本书买了下来。不是说我缺这本诗集，而是，似乎有人陪着你在西窗听夜雨，陪着你在山野听虫鸣。"

"你说的，能不能，举个例子，比如，其中的哪一篇特别的与众不同，让你怦然心动。"我就喜欢问得具体一点，省得太抽象了。

朋友略微沉思一下，呷了一口茶，轻轻地仰着头，用手梳理着头发，看天，缓缓地对我讲："比如啊，杜牧有一首《雨》：'连云接塞添迢递，洒幕侵灯送寂寥。一夜不眠孤客耳，主人窗外有芭蕉。'我入住的时候正是初夏，窗外小院中正有一丛碧绿的芭蕉树，夜雨西窗，芭蕉作响。当我读到杜牧的这首诗，顿觉自己不就是一夜不眠的孤客么？而诗集的注解中又写道：初夏是芭蕉抽叶的时候。古人称它为'绿天'，真是凉意袭人的好名字。而芭蕉叶子又大，经雨时声响簌簌，总引人侧耳凝神。在云深灯暗的雨夜，酒后听得芭蕉雨，会勾起种种陈年心事——请你也去听一听。"

"现在，我讲给你听，也想对你说，你什么时候，也去听一听。"朋友讲到此，已经把那一夜的初夏芭蕉，西窗夜雨，讲到了我的心里，我何尝不是在远行的路上，常常也是一个不眠的孤客。

记得，初到蜀地的时候，常常会望着窗外那一丛丛翠绿的芭蕉出神，在下雨的时候更是惊诧于芭蕉巨大的叶子，伸展，伸展，在雨天，那么的坦荡，那么的自然，而自己所习惯的北方是没有芭蕉的。

朋友对民宿的独到见解还有这一段微妙的经历，多多少少影响了我，怪不得人们常说，你与什么样的人相处，自然会有相应的倾向，甚至说是思考方式。相互影响也好，相互沾染也罢，人嘛，不可能独立存在。而我，不也是在影响着身边的朋友么？给大家推荐书，给大家推荐出差随身带好茶叶的习惯，多多少少，大家都乐于享受我的推荐。

于是乎，我竟然也养成了一种习惯，或者更确切地说，是一种偏见，那就是，每每到一家酒店或者民宿，放下行李的那一刹那，眼光扫一扫，书房、阳台、床头柜，便知道这家经营者的道行有多深。如果没有几本能入眼的散文、诗集或者小说的话，即便是摆了几本市面流行的管理类、畅销类图书，也会觉得这家民宿没有气韵，甚至说是没有灵魂。说俗还算是好，更准确地说，应该是，没品。

为什么这么偏见地说？

要知道，客人，你也可以说是过客，是匆匆的旅行者。那么，旅行者可不仅仅是空间躯体活动，空间位置的变化与移动，仅仅是过了这一村，住了这一店，旅行者可是在人生长河中的生命逆旅，穿行在光阴之中，生命的轨迹划过了这家民宿，陡然与民宿的经营者和照料者有了生命的交集。这一瞬间，修的是什么样的缘分？

做民宿的人，你可曾想过，客人来住的时候，不仅是身躯的放松休憩，更是生命灵魂的修正与舒缓。如此说来：你的一朵栀子花，一朵黄桷兰，便清香滋润；一本散文集，一杯下午茶，便欣然安神。你打理的不仅仅是身躯的暂存，更是一个个灵魂的浸润。

客人们住了你的民宿，不是说下一次做不做回头客，而是在他的生命之中，那一晚，无眠或酣然，夜色该有多深？那一晨，微雨或阳光，窗外翠竹林。生命中多了这样的一份印记，便多了一份难以言表的感激与欣慰，便给了这家民宿一种情感上积淀的温润。

若是"夜深微雨醉初醒"，那么，有书有灵气的山居，应是"最怜煮茗相留处，疏竹当轩一榻风"。

四川其实是一片很有仙气的地方

　　四川其实是一片很有仙气的地方。

　　为什么这么说呢？因为，在一个外地人的眼里，我总觉得她有一种美好的奇妙，尤其是在普通人的生活中，不经意间，就能察觉出其中的美妙来。譬如，这个季节正是初夏，你来一下成都。

　　只要一上成都的出租车，或者是网约车，或者是朋友来接你的私家车，稍微缓一缓气，开始呼吸成都并不干燥也不潮湿的润润空气的时候，你自会嗅到不一样的空气的味道。

　　这个味道，清香沁人，淡而深远，却又回味浓郁，久久净心，提神醒脑，周身舒畅。你若是寻找，这车上香气的源头，抬眼望车的驾驶舱的挂坠上，就能看到那淡黄色、白玉质地、细长微开的一串串花朵。你若问起司机，这是什么花？

"黄桷兰，香得安逸。"司机会淡淡地回答，"这在四川是一种大街小巷都能碰到的树，这种树上长出的花朵，在要开未开的时候摘下，用线穿起来，挂在身上，或者挂在车上，甚至放在屋子里，要清香好多天呢。"

"哦，那么好啊，简直是大自然的馈赠呢。"外地的游客一般都会惊喜地感叹道。

你甚至会碰到，司机师傅在车辆不多的街道上，正好碰到卖花人，小臂上挂着许多串黄桷兰，每一串都如同玉雕一般晶莹剔透。只不过，司机师傅付出的却不是买玉的价格，而是几块钱买一串"黄桷兰玉"。

若是下车后在成都的大街小巷闲逛，你还会看到不同年龄的人们，有老人有小孩，有中年人有青年人，他们的胸前或者是背包上也会挂着一小串黄桷兰，犹如古代的香囊，将这随风飘散的清香带在身上。

先不要感慨，大街小巷的行走之中，你会发现绿荫树下，一阵风吹来的绝妙的清香，你便可以驻足，让你的鼻子寻找风来的方向，沿着这个线索，就能寻到街上高高大大的黄桷兰树，或是长在小区中，总之，它毫不吝啬自己的香气，随风而动。

我刚从北方城市定居成都的时候，和朋友谈起对黄桷兰的喜欢和爱慕。朋友对我说："我最初也是从别的城市来到成都的，不仅喜欢坐在咯吱咯吱会唱歌的竹椅上喝盖碗茶，还跟成都人学会了摘黄桷兰，尤其是在傍晚时分，摘了黄桷兰之后，放在自己的书房之中，那种读书的感觉，如在山寺之中，夜静山空，山花微开，字里行间都有黄桷兰香的相伴，不是北方的熏香，而是一种植物欣然的原香。"

"你不知道我当时喜欢黄桷兰的程度？别人都是买几串黄桷兰，而我是自己爬上大树，专门去摘那含苞待放，略有睡醒样子的花朵，其中的香气尚未绽放，放在室内甚是恒久留香，即便是干了，也有一种傲人的香气。或许是因为喜欢到痴迷，我甚至还专门摘了，加上冰袋，通过航空快递专门寄给北方最好的朋友。嘿嘿，把这四川的仙气分享。"

朋友一边对我讲，一边手舞足蹈地表演，其中亲身爬树摘花寄给远在北方的挚友的细节，从朋友明亮的眼睛中，能够传达出一种纯真朴实的对生活的爱，对黄桷兰美好的恋，对挚友发自内心的牵挂。

古人，也曾如同我的朋友，"折花逢驿使，寄与陇头人。江南无所有，聊赠一枝春。"从江南到陇北，从蜀中到京城，幸亏可以寄，才让相互牵挂的情谊有了一种表达，有了一种传递。只不过，古人寄出的是春天，而我的朋友寄出的是初夏，传递的是成都生活的仙气，树上摘下捧在手里的白玉一般的花儿，经过千里万里的运送，当北方的朋友收到这一份独特的清香气，恐怕一辈子也不会忘记，从成都寄出的芬芳。

那一晚，北方的朋友，不知道是不是也在书房，翻书的时候有着蜀地空山古寺的清凉，听着花开的声音，闻着夜色中黄桷兰的清香，写了一篇好文章。

在这个季节，迷人的不仅仅有黄桷兰，还有栀子花，如果说路上卖花的多是黄桷兰，而街巷口挑担卖花的，尤其是成束的，则是栀子花。相比来说，栀子花的香味要浓郁一些，更适合插在花瓶中，放在房间里，满屋子的香气能够溢出来。

书店、咖啡吧、酒店、办公室，成都几乎所有的公共空间，六七月份，都能够闻到栀子花的香味，很多地方都种植了这种花，小朋友们在骑自行车嬉闹的时候，也会随手摘几朵送给喜欢的人。

栀子花是纯白的颜色，墨绿的叶子配上洁白的花瓣，一束一束捆在一起，几乎就是新娘子的标配，那一低头的温柔与娇羞，正是嗅了栀子花的沉醉。

若是新采来的栀子花，记得要放在窗口，风吹来的时候可是仙气的问候，美好的一天，是你当下的欢欣，美好的感觉自然是妙不可言。

要看你怎样地去感念，去留心生活中的栀子花与黄桷兰。

斗鸡公的夏天

　　记得很多年前，在峨眉山脚下的一座古镇，清清溪水凉凉地从老街流过，白发的老奶奶坐在竹椅子上，戴着老花镜，纳着鞋垫，她的脚下卧着一只慵懒的橘猫，呼呼地睡着大觉。初夏的炎热在这座古镇上几乎没有什么痕迹，除了那一坛坛红俨俨的豆瓣酱，散发出诱人的酱香气。

　　然而，街巷中竟然见到有人，用草绳提着一只又长又大的蘑菇，蘑菇腿儿上还带沾着新鲜的泥土，旁边的邻居不无惊羡地说："哟，刚采到这么大的斗鸡公啊，一份鲜汤啊。"手提大蘑菇的人憨笑着回答："嘿嘿，新鲜的斗鸡公，回去煮汤，这个夏天才算是没白过啊。"

　　采蘑菇、过夏天，有必然的联系么？路边的我是没有听懂他们的对话的。

　　要知道，在我的印象中，似乎是北京飘雪的时候，特别适合去吃一顿涮羊肉，才算是过了京城的冬天；而来了成都，一定要吃一下串串，点一份冰粉，才算是过了成都的夏天。

对于四川人来说，"吃了斗鸡公，才算过了这个夏天？"这个疑惑直到最近才算是解开了，原来这里藏着蜀地的自然密码，藏着四川人对生活朴实的热爱，对生命美好体验的珍惜。

"每当这个季节，便是这山里采斗鸡公的时候，又叫鸡枞菌，只有四川人才叫斗鸡公。我父亲总是大早上去赶场，想尽办法买了上好的斗鸡公，带到家里交给母亲。老妈那祖传下来的手艺，会煲出一锅鲜汤，让一家老小尝鲜，对于儿子来说，那就是外婆的味道。我父亲则会享受地倒上一杯老酒，眯着眼睛说：'这才算过了初夏啊。'要知道，过了初夏的这几天，斗鸡公也就没有了。"老友开车带我来一家山中小店，说是要品尝斗鸡公，一路上和我拉起家常来，犹如邻家的发小。

慢慢地穿行在绿树掩映的山路上，听到哗哗的水落之声，朋友说："知道你喜欢清幽安静的地方，今天啊，专门带你来这半山听瀑的地方。"我们两个寻着山瀑的声音，几个拐弯儿，竟然看到一架水车。在山上落下的泉水的冲刷之中，乌黑的车身溅起白色的水花，在绿树丛中平添了一份画面感。

水流向下，是一泓碧绿色的池塘，四五只肥大的家鹅在嬉闹，水中一群群锦鲤在游转。池塘边上长着两棵巨大的黄桷兰树，每一棵的树干都是两人合抱那么粗。初夏的黄桷兰翠色连天，树叶开阔舒展，扩展成一幅巨大的伞，在这清脆绿色的伞中点缀了一朵又一朵金黄色的黄桷兰，不需要你仰面深呼吸，轻轻地山风吹来，你就已经嗅到了纯正的黄桷兰独有的清香了。

看到这一情景，若是你第一次来，一定会有感而发："要是能坐在这黄桷兰的大树下，喝茶、听泉、观鹅、闻花，岂不妙哉？"放心啦，对于美，对于这自然的诗意，那是大家都向往的。店家如此布局定是匠心独具了，人家早已经在此处的绝妙之景添设了独一无二的茶座。这茶座就在瀑布水车旁，黄桷兰树下，碧色池塘边的高台处，与周边环境相对独立，又融为一体。

这独一无二的茶座，可以收放升降的茶棚，遮阳避雨。收起之后，仰望，让你纵情于翠色无边；远望，让你开阔于远山蜿蜒；呼吸吐纳，尽在这一方舒展灵动的气息；茶棚下面，简单的木桌子、藤椅、茶几，古朴山村之气，妥妥地，毫无陌生之感。

我当时就想掏出笔记本写下："若是，你坐下来，简直是随意歪坐横斜，尽情散漫。你若闭目微乏，涛声在你安静舒缓的状态下入的不是耳，而是你的心田，不是聒噪，反而是天籁山间；你若精神盎然，带一卷诗书，山茶端来，花瓣飘落，鹅鸣上下，不觉然，一个半天只在瞬间；你若，挚友相伴，谈笑无间，红尘往事都化于如烟，知己话语如茶甘甜，时光静止在黄桷兰树下的半山。"

点了菜之后，我们随意坐在这树下的茶座，等着期望中的鲜汤。黄桷兰树上已经绽放的花儿们，香气溢远，山风过，花瓣纷纷飘落。老友提醒我："快看，花瓣雨。"

那些淡黄色的花瓣轻盈地从树上飘落下来，散落在池塘中，散落在茶座上，散落在我们的肩膀上。娇嫩的花瓣，瞬间的美感，如雨的飘散，没有失落，也没有忧烦，绽放了，便是一程风物自然，一程风华长短，我默默地在心里生出一种说不出的感叹。

这种感叹是对生命的同感，也是对这半山茶座的欣喜与留恋，未曾去就已经舍不得，世间多少事能如这花瓣，优雅舒然，活泼不凡？

感叹间，店家端上了热腾腾的一锅鲜汤，那香气似乎从山上已经提前跑下了山，诱得我早已垂涎。看着面前奶白的汤色，飘着白色蘑菇和绿色的丝瓜，浓浓的鸡汤味升腾出来，我已经迫不及待地动手了，心里还想着"这汤中，一定有土鸡，才如此的浓香。"

"你是不是以为这斗鸡公汤香味扑鼻，有鸡汤提味？"看着我忍烫喝汤的贪婪样子，老友笑着问。

"是啊，即便是这鸡枞菌怎么鲜美，可是这味道之中，的确感觉有鸡汤的味道。"我记得汪曾祺老先生因为在西南联大读书，对昆明的鸡㙡菌情有独钟，他曾在《昆明食菌》中写道："鸡㙡是菌种之王。味道如何，真难比方。可以说这是植物鸡，味正似当年的肥母鸡。但鸡肉粗，有丝，而鸡㙡则极细腻丰腴，且鸡肉无此一种特殊的菌子香气。"但是，我依然固执地认为，今天的斗鸡公汤中有土鸡汤的味道。

老友看着我固执的样子，拿起汤勺，勺了一勺汤给我看，"只有鸡㙡菌、青青的丝瓜、小葱，还有娇嫩的摊鸡蛋，这家的大厨是不用荤油的，怕坏了这一锅斗鸡公鲜嫩的汤，要知道，斗鸡公可是很昂贵的。"

"斗鸡公很讲究，对环境生态、气候湿度要求很高，而且如果一直晴天或者一直下雨，在这个本该生长斗鸡公的初夏是长不出来的，你运气好，最近一段时间，咱们这一片山，晚上下雨，白天晴天，斗鸡公可不就一个一个地从山土里冒出来了。"

"说到斗鸡公的昂贵，也是有缘由的。要知道，采斗鸡公需要在太阳出来之前进山寻找，也就是早上四五点钟的样子，你酣睡时，人家就已经登山爬坡，辛苦地在山林里寻觅这些野味了。"

"如果在一片树林里惊喜地发现斗鸡公的话，可是要小心翼翼地挖土侍弄它们。要把斗鸡公腿儿上湿润的泥土小心地留下来，可不能外行地清理干净，否则会影响斗鸡公的新鲜度。下山的时候也不能随便放置这些宝贝们。要用咱们当地的南瓜叶子或者芋头叶子，带着露水，带着湿度，带着泥土，包裹起来，防止日晒，然后带下山来。"

"这采菌子不容易哈，你可不要以为像儿歌中唱的'采蘑菇的小姑娘'一样，那么的简单欢快。不过，买菌子也不容易，要知道，采斗鸡公的人是在四五点钟忙，买斗鸡公的人要把握好时间，在六七点钟就到专门的集市上赶场，趁山上下来的新鲜买走。"

"摘菌子的时候讲究，买菌子的时候也讲究，讲究的是品级。品级取决于斗鸡公开放的程度，半开不开的为一等品，香气、营养、口感都是恰到好处，价格呢在150一斤；那些像花骨朵还没打开的，是二等品，大约在120一斤；若是已经绽放的，完全打开的伞冠，大约是80一斤了。"

"那今天我们吃的是什么品级呢？"我想，已经到从锅里到碗里了，就分别不出来了吧？

"这个简单哈，你轻轻地尝一口，脆嫩舒爽，这就是半开未开的；而已经长开的斗鸡公，你尝起来是绵软的口感。"

按照老友的提示，夹几块，轻轻地咬几口，果然，脆嫩感很是明显，不禁大叫道："呀呀，的确是你说的那个样子，应该是最高品级的，不过，贵的实在是值啊。"

我们一碗接着一碗，没有消停，幸亏今天主人点了一大盆的鸡㙡菌汤，喝到一半的时候，我已经觉得需要坐直了腰。可是我的味觉却依然驱使自己继续往碗里加汤，继续盛斗鸡公。

偶然停歇的时候，顿悟了"喝了斗鸡公的汤，才算是过了这个夏天"这句有趣的话，原来天地灵气的福气映照在四川人生活中，就是一餐一饭的讲究，就是时令节气的合拍，就是那种对朴实美好的追求。

鸡㙡菌，主要产地是云南和四川。现代散文小说中的鸡㙡菌与斗鸡公多与西南联合大学的师生们有关联，沈从文、汪曾祺，还有许渊冲，他们常常忘不了鸡㙡菌，生活一味，岁月无穷。巧的是，为了纪念百岁学者许渊冲先生，随身带了他的书《西南联大求学日记》。

这本书的封面上留下这样一句话："生命并不是你活了多少日子，而是你记住了多少日子。你要使你过的每一天，都值得记忆。"老友带着我一起尝了斗鸡公的鲜，还纷纷扬扬地在黄桷兰树下分享了这个夏天。我想说，斗鸡公的夏天，值得记忆，想无限的留恋，还有那轻盈婀娜的，黄桷兰的花瓣雨……

那一瞬间明白，要舒缓的是自己

炎热的夏天，高强度的工作，下午六点半的时候，好不容易完成了一天的任务，终于可以歇口气，拖着脚步，慢慢地走出工作场所，抬头看见天边的晚霞。哦！又是晚上了，这一天过得可真快。

这种快节奏的工作耗的不仅仅是精力，更是体力。从早起到晚上八点多，中午没有休息，注意力高度集中，反复地检查每一个环节，唯恐出现疏漏与差错。一旦歇下来，就如同没油的车，在做了最后的冲刺后，说啥也跑不动了。尤其是今天看到那么多青春稚嫩的少年，在为自己的未来和理想努力拼搏，想起自己当年这个时候也是一脸的稚嫩，年少无知又前途未卜，很是同感。

这个时候特别想和爸妈打个电话说一说，"今天有多辛苦，想起我那个时候的样子"，和他们聊一聊，听听他们的安慰和叮嘱，我妈会在电话中说"你不要太辛苦啊，不过，总比你小时候在家里干农活，轻松多了"的话语，这种倾诉也会点到为止，可不想让他们过于担心，我能知道他们会说什么，也会知道他们二老会在电话那头用责怪的口气说："你这傻孩子，怎么能这么干工作呢，要注意休息，干不完的活，种庄稼，还要到树荫里凉快一下呢。你说这孩子，嗨，是不是读书读傻了。"

他们这种嗔怪，上大学的时候我觉得好絮叨好麻烦好无聊啊，不就那点道理嘛，用得着反复说么？现在，竟然很是盼望，他们两个能够多唠叨我两句，能够提醒我："多吃水果，少熬夜。""在单位要谦虚，千万可不能总觉得自己很行啊。"也许是我已经很难听到他们的唠叨了，也许是我现在已经长到明白了，自己无论走到哪里，无论多大，内心深处仍是二老面前那个长不大的孩子，总想在他们面前撒个娇，让他们哄一哄。

这个时候我也一定会话题一转："哎呀，今天虽然说很辛苦，但是很有成就感啊，我给你们讲一讲，那个场面啊……"然后，不露声色地把辛苦的工作，转向让他们觉得自己的孩子特别能干的话题，让他们觉得孩子的工作很重要很有意义，也很值得他们骄傲。

再然后呢？就是和他们聊一聊心得，这件工作，我从中想到什么事情，学到了什么知识，明白了什么道理。这既是反馈信息，也省得他们总讲东家邻居长、西家邻居短，我不感兴趣，也不想听。给他们讲一下我的工作和心得，至少是我们两边都能接受的话题，避免与父亲又争执起来，讲我的工作的时候，他也没有什么发言权。

这些亲情电话的套路，随着自己年龄的增长，知道了其中的道理，然而母亲却再也不会絮叨我了，她睡在了老家的田地里，而我也不能再享受那一丝一点暖心的"责怪"了。

或许是太累了，今天还是不自然地给父亲打了电话，电话通了之后，父亲说："在你二姐家，你二姐给做的好吃的。你下班没有？"

爷俩儿有一搭无一搭地聊着，我就问："我觉得，咱们家的院子那么大，你应该养一群鸡，或者，养点小猫小狗。"

"我才不养那些东西呢？我可以随便到处出来转一转，省得操心它们。"父亲七十多了，身体依然很好，经常跟村里的老伙计们喝个小酒，打打牌，甚至还会跑到临近的几个村庄看看戏。可是一听说让他养点宠物家禽，他觉得麻烦得很。

"不是操心的问题，养点小猫小狗，或者鸡鸭，你总有点事情做，这样，你也觉得有趣嘛。"我其实是想，他只要有事情做，总要动心思，而且宠物有灵气，总是很有趣的，而不是抽烟，喝酒，到处转。

"能够啥趣嘛，我把自己照顾好，就很好了，就是你们的福气，我才不养那些东西。"他是一点不感兴趣，甚至说一点也不想费心思、动脑筋了。

"我不是这个意思，不是说给你找活干，也是想照顾好你。"他这么说，一下子，我觉得，怎么这么难沟通，自己不觉得语调又有点高了。

"你空了回来，看看爸，陪他喝两杯就成啦，还没有说两句话，你看怎俩又想吵两句似的。"电话那头，二姐一听语气不对头，就赶紧抢了手机。她这一句话说完，我就明白是打圆场，也就赶紧缓和语气，说一下自己还没有吃饭，就挂了电话。父亲本来就脾气大，他和子女们不善沟通，母亲走了之后，子女们都让着他，他也自然脾气要比以往顺畅多了,大姐和大姐夫经常说，父亲年龄到了，就如同孩子一样，需要哄着的。

其实，今天我是想和他聊两句，想让他安静地先听我讲，然后和气地唠叨叮咛我两句："和同事处好关系很重要，不要得罪人啊。""少熬夜，毛主席说，身体是革命的本钱。"反正，就是这几句话，但是，突然很想听，尤其是现在特别累的状态。尽管，我知道他在反复讲这些道理，讲了几十年，也不指望他老人家能讲出什么花样来。

经二姐电话中一数落，自己明白了，原来自己这个电话的确是没有打好，因为老父亲也需要我的几句贴心话，需要我主动问他："晚饭吃的什么好吃呢？老家热不热呢？今年的罗锅儿（蝉的幼虫）多不多呢？"更确切地说，尽管我需要他，而现实是，他更需要我能够唠叨两句，能够絮叨两句，哪怕多提醒他"别抽烟，少喝酒，记得要用热水烫一下脚啊，对身体好。"尽管，多半，他答应得很好，放了电话，照样抽烟喝酒。

那我今天这个电话，这个状态呢？

本来很累，打了电话之后不仅没有轻松，还很懊恼，我边走边想，哦，原来自己已经不是原来的自己，父亲也不是原来的父亲，我们在这个家庭中的责任早已经完成了交接，只是，今天，我在特别累的情况下，多了一份自然的渴求，或许父亲在我这个年纪的时候，只能默默地下地干农活，默默地外出打工，默默地琢磨着上有老下有小的一大家子的开支，默默地消化自己的很多情绪吧。

那一瞬间，我明白了，人长大了，如果有长辈能够唠叨你，是多么难得啊？何况，当你扛起了责任的时候，也不能有那份奢望，尤其是当自己变成一棵大树的时候，要能够遮风避雨，还要能够把风风雨雨吸收，转为滋养自己的能量，大树不需要什么语言，需要的是深深地扎根与成长。

山里面有一座小院

　　大城市里的人做梦都想在山里面有一座小院，或者是在小院中小住一下。

　　碰巧，朋友说："江边有一座小院，藏在山坳里，几乎是'白云生处有人家'的清净。"如此一说，心中竟然生出一种向往。时不时会想带几本想看的书，到小院小住。

　　夏日里，寻了个时间赶到山下，我们沿着红色方条石叠垒成的台阶小路拾级而上，穿过了橘树林，走过了菜园子，看到青色的二荆条，细长细长；南瓜长得喜人，金黄色的南瓜花上有蜜蜂在采蜜，旁边藤秧上的小南瓜上面还有茸毛；还有硕大的西红柿，那颜色绝不是菜市中的那么鲜红，而是自然的朱红。

　　终于登上山顶一平台处，远江近舍，瓦房三五间，枣树六七株，狸猫伸着懒腰在树荫下躺着，竹椅随意地摆放在老木桌子的旁边。

蜀地山里面农家的小院大多如此，算不上精致，但是很古朴，古朴得有点笨拙，感觉一切都是从山里长出来，主人几乎没怎么费神劳作。

无论小院大小，规格高低，对位置都很讲究，大多是依山揽江，视野开阔，山顶的有、半山的有，即便占据不了立体位置的优势，也一定会在古树下寻一个僻静，无论是树叶飘落在院子里，还是花儿伸到了窗前，疏影横斜，总少不了一点仙气。

至于小院的建材和建造，更是就地取材。院落种竹子，翠色成幕，可偏偏在种竹子的同时，砌墙的材料多是江边捞出的各种形状的石头，保不准哪一款石头中还有远古动物的化石。曾经，我就在一家小院的窗户下见到一个石头横切面上有原始鸟形状的纹路，在感兴趣的同时，发现老板儿硬生生地把石头用水泥固定得结结实实。后来听老板说，正是觉得这块化石不一般，才用水泥固定了，防止不翼而飞，虽说不是什么价值连城的文物，可也算是有科考价值的东西啊。

竹椅子、竹凳子似乎是店家舍不得投入一般，从山下面的赶场就能随意买到。也就是说，这椅子、凳子便是附近山上长出的竹子，经村口的匠人制作，顺理成章地摆在了适合喝茶的地方，坐上去，人自然有一种慵懒的感觉。

山中小院多果树，而采摘恐怕是人类的本能，人类自从原始丛林讨生计开始，就已经是打猎与采摘果实并重了。或许，正是因为人类社会进化的基因记忆在，当人们见到枝头上的果实，会按捺不住心中的喜悦，甚至会动手去摘。

　　于是，当我们看到院落中的李子树，茂密的绿叶中，挂着青色、红色、黑紫色的李子。不同的位置，不同的颜色，不过个头都很大，看得人垂涎。尤其是这几天偶尔会下雨，树叶上和果子上多少还有雨水的痕迹，而树下面的草地上也多少有几个零散的落果，"山中松子落"的意境，换成了李子，实在是禅意也动了凡心。

　　树虽不高，但是李子也不算触手可及，山里的树木都是竞争出来的，长矮了见不到阳光，也就别指望自己有生存空间。我们努力跳起，算是能够抓住几个果子，可都是青果。黑紫熟透、味道鲜美的李子大多在高处枝头。若是爬树上去，表面上担心李子树支撑不了咱这健壮的身体，不过，内心恐怕是担心早已经没有当年敏捷的身手了。

　　朋友出了一个鬼主意："这样子哈，你负责用力摇晃李子树，既然有熟透的，果子就一定会掉下来的。"我看了一下地下散落的李子，正要晃树干的时候，犹豫了一下。朋友一下就懂了我的犹豫，赶忙对我说："你放心，我负责盯着树下，会很快识别出，哪个是新晃下来的果实，哪些是原来掉下来的，保证会吃新鲜的。""哎呀，果然是配合得当啊，摘个果子，都这的默契。"我心里感叹。

轻松一晃李子树，一瞬间，噼里啪啦地往下掉黑紫色的熟李子，幸亏用的力气不算大，李子不是铺天盖地地落下，也就没有砸到我们头上。朋友发挥了过目不忘的天赋，一二三四五，哪些是新晃下来的，哪些是早先自然落下的果子。于是，我们弯腰开始捡果子，一边啧啧地感叹这果实的鲜嫩肥硕。

怀抱着一堆李子，肯定是迫不及待地要洗了尝。朋友提议，离水边这么近，何不把李子浸在冰凉的溪水浅滩处，上游山谷中泄下来的山洪，犹如一个巨大的天然空调，给河道两旁的人家带来了一夏的清凉，难怪一到夏天这个地方就开始热闹起来。朋友"冰镇李子"的创意一定源自"冰镇西瓜"的启发。本地的居民多是把买来的西瓜和啤酒直接放在溪水深处，任由哗啦啦冰凉的溪水冲刷，吃的时候取出来就行，那么凉爽的味道，比放在冰箱里要安逸多了。

当我们把水果浸在溪水中的时候，穿着凉鞋踩着浅滩上各色鹅卵石。在纯净溪水的冲刷下，各种形状各种颜色的鹅卵石铺在水底，成就了一副美丽而又童趣的画作。有青色、有红色、有黑色、有白色、有褐色、有绿色、有黄色，可谓杂然相陈，有椭圆的、有长条形的、有方形的、有圆形的、有不规则形状的，可谓相得益彰。清凉的溪水流过，如同鹅卵石们唱起了一首欢快的歌，怪不得小朋友们喜欢在浅滩戏水，大多是和这些巧妙的鹅卵石有关系。

我很认真地捞起两块长条形状的青石，光滑顺手。朋友问："你还有挑选江边奇石的爱好啊，很多地方成立了奇石协会呢？""哪有那份闲散时间呢，今日遇上，觉得特别适合放在书房中，铺在宣纸上做镇纸，你不觉得这些石头在远古幻化为石，聚合天地灵气，又随着江水流转，消磨了锋利的棱角，才与鬼神般的文字在一起，既是偶遇，也是奇遇。"我觉得遇上了，才是最好的安排，自然界的造物才是最难得的质朴。恐怕用了这样的镇纸，写出来的字一定是汇聚了江流婉转与江石斑斓，其中的气韵跃然纸上，一室元气。

听了我对石镇纸的偏爱，朋友也低头踩水，欢喜地寻找着心仪的石头，那份专注不亚于对树上李子的喜欢。

晚饭的时候，店家在露台的餐桌上简单摆放了几道菜，分别是凉拌竹笋、清炒菌子、青椒小炒肉、蒜蓉小白菜、萝卜皮泡菜、番茄煎蛋汤，都是家常小菜，看上去没有什么特殊的地方。不过一下筷子就觉察到那材质清香的味道与众不同。店家笑着说："都是附近山上长的，刚刚厨师去摘的，不摘多，摘一把做一餐。我们还有邻居家自酿的苞谷春，你们要不要尝一尝，有烧酒的味道，但是纯正哦，一直都放在山洞窖藏。"

我们哪经得住店家如此描述，自然就被勾引地添上两杯苞谷春。朋友举起酒杯，两三口小抿，不禁对我说："常听说，你写三国下酒，现在，你就写一小段文字下酒，也不枉这江边的凉意呢。"

"常怀田园心，一梦伴白云；青山筑小居，岁月无人问；溪水煮野茶，菜蔬遍山林；邻家正砍柴，自酿苞谷春；举杯常相邀，一醉酬诗文。"我整理一下思绪，慢慢地说给难得相逢的朋友。

"你这三杯之后的'青山筑小居，岁月无人问'，却让我想起近日所看的《觉醒年代》，剧中陈独秀、李大钊与胡适在树下对饮，就吟诵了'渭北春天树，江东日暮云。何时一樽酒，重与细论文。'"朋友谈着自己的感受："微醺的时候，最好，有一种缥缈感。"

夜色浓浓的时候，下起了雨，雨滴敲打着屋檐，满山谷的虫鸣声渐渐地被雨声所替代，估计，蟋蟀和知了，还有萤火虫，都躲在了树叶下面，或者是钻到自家洞子里避雨了。凉爽的夏雨，要等到雨停了，虫儿们才爬出洞穴，开始唱歌。

我们坐在屋檐下，看着黑夜的山林，独享这夏夜的雨声和凉意，朋友说："这奇妙舒适的状态，要不要来一支烟，味道不错哦。"

看着朋友一副无赖让烟的样子，我端起茶桌上的盖碗茶，"夜雨茶对友，无棋落灯花。喝茶也算是癖好，如同你喜欢抽烟一般，各有各的爱好，各有各的趣味。记得古人说，有癖好的人有趣，值得交哈。"

山居夏夜，夜雨西窗，听着雨，聊着今日里的趣事还有曾经的难事，聊到艰难困苦之处，会觉得生活果然是一位严师，让我们到了一定年纪的时候才豁然开朗，才懂得其中的道理。

如同，我们现在对山里小院的喜爱，不正是一种对质朴生活的向往，一种对心境宁静的守望？

不觉然已经夜深，凉风吹来，舍不得睡，听夜雨的穿林打叶声。

一日不作，一日不食

　　两山夹一谷的地方，地处川陕之间，藏在高山悬石、密林急水之处，早年间，交通不便利，资讯不发达，外地人在地图上找不到这个地方，偶有驴友迷失在这个地方，熬个几天几夜估计才能走出这片峡谷。

　　峡谷里的原始核桃林、野李树林，常年罕有人知，落下来的果实沉淀了一层又一层，有的早已经化作沃土，滋养山林。至于野生的大熊猫，也常常是出没的，只是那个年代没有人随时拍照而已。

　　夏季酷暑，此处清凉，当地人说"晚上睡觉都要盖厚被子"。冬季虽飘雪，但是并不是特别的寒冷。山上大多是原始森林，松树林覆盖着附近的所有山头，只是在河谷的地方才能星星点点地种一些庄稼和菜蔬。走在山林小道，露水盈盈，深呼吸的时候，空气都是甜的。"山路元无雨，空翠湿人衣"，这一句唐诗最适合形容山道中行的体验了。

　　康家山村就坐落在山坳里，小山村沿着山泉水汇聚成的小川河窄窄地扩展开来。小川河的水大多是高山的山泉水自然汇聚，从山石的缝隙中渗出汇聚成溪，自高处奔下，也是腾腾生气，雷声惊动。凝聚山气的冰冷，如同白练从天而降，下积成潭，潭水外溢，小川河奔腾而出，若是游人赤脚踏入其中，冰冷透骨，不敢长时间浸在其中，否则就会冷得麻木，失去了知觉。

　　正是小川河水源的奇特，硬生生降低了整个河谷的温度，成为大自然的空调。神奇的是，整个康家山村都是没有蚊子，知了、蜻蜓、蝴蝶、萤火虫倒是很多，游客夏季来此，多是感叹奇妙。而小川河的河水又清澈见底，平流在满是鹅卵石的河床上，水的颜色如同蓝玛瑙般迷人。

　　若是午后，太阳晒了河床，水温稍微升高，不那么冰凉，这个时候尽可以光着脚踩在鹅卵石上，大小各异的鹅卵石，给光脚板儿的人进行大自然的按摩。小朋友们在大人的陪伴下，玩着打水漂。也有的小朋友撅着屁股，认真地搬着石头，有模有样地修水坝。我就在想，为什么大多数的小朋友都喜欢修水坝，或许是人类的基因中都在和水打交道，都在努力地和水生活在一起，依水建家园，同时又期望水患可控，疏导有序。

　　如此的地理形势，如此的气候温度，若说是类似于齐天大圣的花果山，天造地设，一点也不为过。何况，康家山村经常还有山上的野猴子下来溜达一下，反正猴群们自由来往，掰了鲜嫩的玉米，吃过瘾，就又上山了，一幅山大王的做派。怪不得世人俗语："山中无老虎，猴子称大王。"村民们极其喜欢野生熊猫，却不怎么喜欢野猴子的做派，村口的告示上写着："来往游客，见到野猴子，请不要打招呼，也不要投喂，防止被猴子抓伤。"

如今，就在夏季的时候，远近游客多来避暑，虽称不上避暑胜地，可已经远近闻名。其实，游客们多是多年来盘踞于此，在他们的眼中，宁愿不宣扬这个避暑胜地，偷偷地享受这难得的清凉与清净。

山村各家的院子，除了种植桂花树、黄桷树、香椿树、花椒树等本地树木，几乎都种植了向日葵、指甲花、烧汤花、洋姜、南瓜、豇豆等。尤其是金灿灿的向日葵开了，亭亭玉立在院落中，映照着湛蓝的天和青色的山，院落中藏着一两座木石结构的川西民居，低矮的青瓦屋檐，线条和颜色搭配出视觉中的童话世界。即便是大人也都动了童心，忍不住低头看一下葵花盘的葵花是否饱满成熟，甚至伸出手指头抠一抠葵花籽，拨出其中白嫩的瓜子仁，放在嘴里轻轻一咬，甜脆清香，味道别致。

康家山村原有的山民是这里农家乐的经营者，日子自然好过。只是父母忙着生意的同时，孩子们也就参与到农家乐的业务之中，暑假有作业了，搬着小板凳在走廊里写作业的同时，兼职卖着山里的野木耳和野竹笋。我路过一家小院的时候，看到姐弟二人正在写作业，拍了照片，发在朋友圈中。有的朋友说："看到了年少时候的自己，那个时候，自己也是如此的勤快好学。"有的朋友留言："赶快把山货买了，别让人家小姐弟在太阳下晒了。"

山民们打理着各自的小院落，种花种菜，捡柴劈柴，几乎每家每户都有一堵专门摆放整齐的柴火墙，要么是供给冬日的烧火做饭供暖，要么是供给夏日游客烧烤的需求。

当地人有一句很质朴又很骄傲的话来形容小川河谷的环境，"洗菜煮饭用的是矿泉水，烧火取暖用的根雕木艺"。前半句很容易理解，当地山泉水清洌甘甜；后半句，不到当地，当然是不好理解。自从护林禁伐以后，山民们也就不怎么上山砍柴了，不过那些枯树老根往往是可以拿过来做柴火的。要知道，山里的枯树老根在艺术家眼中可不都是"根雕木艺"么。尤其是河谷丰水期，赶上了山洪，会冲下来很多的树根，往往都被山民们打捞上来，晾干做柴。

山村中其实有一家独特的院落，不大，躲在村子的深巷处，一条溪流绕过小院子，矮矮的篱笆墙，种植着花椒树，花椒树天然的绿叶和树刺算是再好不过的院墙了。

这个季节，花椒树上鲜红的花椒点缀在绿叶之间，煞是好看。

小木门是那种从旧货市场上淘来的老木材，纹路斑驳，修修钉钉，配合着鹅卵石垒成的柱子，俨然拙木配顽石的寓意。台阶处放着枝叶肥壮的君子兰，看得出，院子主人擅长养花，要知道，君子兰不是那么好养。

小院落的名字就刻在一块石板上，笨拙而又有韵味："随喜小院"。我到门前，一看这名字便心生欢喜，想必院子的主人有着乐天的趣味，内心藏着超然凡俗的随性。

听山民们介绍，此处院子主人是老两口，在北京工作，退休之后退而不休，由于喜欢这里的山水，精心挑选了一座小院打理，专门开了茶馆。安安静静地经营，茶馆中也卖书，也卖咖啡。

如此说来，店家颇有一番红尘喧嚣看过，寂寞宁静难求的经历，如同唐代王维在《辋川集》中所追求的那种人生境界吧，"独坐幽篁里，弹琴复长啸。深林人不知，明月来相照。"

推门入小院，川西民居的建筑错落有致，屋檐下的粉墙上恰好是流畅的行书，写着："斜阳照墟落，穷巷牛羊归。野老念牧童，倚杖候荆扉。雉雊麦苗秀，蚕眠桑叶稀。田夫荷锄至，相见语依依。即此羡闲逸，怅然吟式微。"我驻足片刻，差一点吟诵出来，这正是王维的《渭川田家》。

王维笔下是一种独特意境，村口老街上，牛羊在田野中吃饱了肚子，慢悠悠地在牧童的吆喝下回转村庄的圈里，天边的晚霞正映衬着牧童挥鞭的剪影，还有小羊羔小牛跟着大羊老牛的萌动，晃晃悠悠地进了村口。而老人家正蹲在大柳树下自家门口的柴门边，编着竹篓，等着孙子的到来，也或许，他的身边放了一陶罐的水，等着给孩子喝。至于低飞的野鸟，正在呼唤着同伴，院子中的蚕儿，沙沙地吃着桑叶，基本上已经圆滚滚了。从田里归来的农夫们扛着锄头相互打着招呼，说着庄稼的长势，或者，约在一起准备聚个小酒。这一幕田园的淳朴与单纯，令王维心生羡慕。

而千百年后的我们读起这首诗的时候，似乎只要在农村生活过，这一幕总是那么的熟悉，原来，我们的文化血脉记忆中总是那么相似，我的父辈们的生活其实也是这首诗的注解和映照。生活本来没有那么复杂，山林与山村本就是一体，人和万物本就是亲密的联系，不像今天的城市高度聚合，奔波与欲望的道路上反而失去了人的纯真和质朴。

读这首诗的时候，境遇认同的同时，竟然有一种淡淡的忧伤，如同王维《孟城坳》中所写："新家孟城口，古木余衰柳。来者复为谁？空悲昔人有。"

庆幸，在这个随喜小院还能找到暂存的余韵，是不是这就是小院主人给我的随心之感呢？

吧台上，看到两位精气神都很足的人，在不紧不慢地忙着手上的事情。看见我进来，微笑着打了招呼。听到客人称他们老板时，我才觉得这两位就是传说中退休"再创业"追逐生活的人了。

那位男主人，鼻梁上夹着黑边眼镜，身着白衬衫，挽着袖子，臂膀上的肌肉很是明显。至于老板娘，虽是皱纹明显，可眉梢精致，腰板挺直，动作麻利。两位看上去都是五十多岁的样子，一点也不像退休了的年纪。最吸引人的恐怕是她耳边插的鲜花，左耳边是白色新鲜的牵牛花，右耳边是白色的碎米小野花和黄色的小野花，呀呀，这一番野趣平添了几分调皮与青春之气，妙不可言。颇有点苏轼词中的韵味："尘世难逢开口笑，年少，菊花须插满头归。"何况山里的花太多了，随手摘了插在鬓边，少年心，何曾有烦忧？

小院中的摆设多是木制的老家具，只要坐下来，就染上时光的色泽，估计都是就地取材，在山村中各家收集买来的。老书架上的书也很有意思，从古诗到散文，甚至还有一些翻译过来的经典著作。虽然茶具和饮品的器皿都是陶瓷和玻璃的，但是端起咖啡的时候，还是有了片刻的心静，这在城市里的茶馆和咖啡馆是寻找不到的感觉。

来山村旅游的人总是惦记着要到这家小院坐一坐，我在想，大家喜欢的不仅仅是夏日里的一杯茶，或者是一杯咖啡，更多是喜欢随喜小院的两位主人，他们身上散发的活力，以及"劳作即是生活的活力和执着"的理念，给了闲散另外一种定义，生活的色泽在于创作，创作的价值便是一种闲适和享受。有点儿类似于唐代百丈禅师倡导的"一日不作，一日不食"的农禅生活。闲适并不意味着什么都不做，闲适其实是创造出一种让自己闲适的心境。

"深林人不知，明月来相照。"王维若是知道有这样一家小院，一定也会来坐一坐，在夜色凉如水的时候，看着天上的明月，听着山里的虫鸣，静静地喝茶，写下这样的诗句。

小院子，砍竹子，砍了竹竿打柿子

中秋节的时候，成都天气转凉，第二拨的桂花树开始飘出沁人的香味，一年里最好的季节到来了，成都各个公园的坝坝茶，一座难求。太阳照射不强也不弱，温度正适合，秋风不冷也不寒，凉凉地，让人在户外，树荫下，竹椅子上，发个呆，打个盹，秋后的蚊子也不算太多。盖碗里泡绿茶的少了，红茶、白茶和普洱是当季的新宠。

给在上海的曲师兄打电话："咱们师兄弟，因为疫情，一两年没见了。莫放春秋佳日过，最难风雨故人来，这个中秋节，邀你来成都过吧。"电话那头，曲师兄说："今年的中秋节有点忙，就不过来成都了，毕竟是过几年就要退休的年龄了，等到退休了，有大把的时间，到处走一走，何况今年的疫情还是有诸多不便。"

我们聊起在北京的周老师，老人家快80岁了，说是今年秋天也不来成都了，尽管往年他一定会带着师母来一趟成都。曲师兄说："前一段时间，周老师还说成都秋天舒服，我们如果再去的话，要变一变方式，不能在城市里简短地转一转就走。要找一个农家的小院子，几个人，安安静静地待一待，住上几天，喝茶，散步，聊天，不要那么地匆匆忙忙，才算是在真正的成都。"

其实，比起北方来，成都平原不是那种四季分明的城市，至少下雪的时候很少，即便是夏天，炎热的酷暑也是很少的几天，总之，没有北方气候那么的浓烈。秋天的时候依然是翠色满城，很少看到层林尽染和落叶飘飞，也只有在甘孜、阿坝、凉山三州才能有这种五彩斑斓的秋林风景。不过呢，比起南方的城市来说，成都又是一座四季相对分明的城市，一个是体现在当季的花开上，一个是人们能够享受当季最有特色的水果。

四季花开，春天的成都满城是海棠和梨花，夏天则是浓郁的栀子花和清香的黄桷兰，秋天呢，一城桂花醉人心，冬日里则是蜡梅暗香浮动，也意味着春节就要到了。四季水果呢？我从外地来成都生活定居的大学同学有一次感慨："蜀地这个地方果然是天府，在我们老家，很少有四季水果，四川则是一年四季，各有特色的水果，丰富得很。"说到特色，也就是说，别的地方没有或者不多，如春天的枇杷、夏天的樱桃、秋天的柚子、冬天的耙耙柑。这么一说，你也或许会认可，成都平原已经是相当地四季分明了，有时令的花，有时令的果，自然，这里也会有时令的风俗和生活。

这样四季的时令，总会让你找到一个喜欢的理由，无论是夏天的炎热还是冬天的寒冷，四川都不会是一个让你生厌的地方，因为每个季节有每个季节的乐趣。说到春夏秋冬四季，孩子和我分享："一年四季我都喜欢，春天可以挖竹笋，夏天可以踩水，秋天可以吃很多的水果，冬天可以堆雪人。"小朋友对四季的变化，很敏感也很欣赏，不像我们这些天天忙碌在办公室的人，对四季的变化都是麻木的。我当时听了孩子说的理由，觉得有趣的同时也感慨，这不就是孩童版本的"春有百花秋望月，夏有凉风冬有雪，若无闲事在心头，便是人间好时节"。

中秋节过，便是国庆，因为疫情不能远行，便带着小朋友在天府新区的山村丘陵中穿行。村庄远近，母鸡下蛋后咯咯哒地欢叫，村狗看见陌生人凶巴巴地警告，扛着鱼竿的钓者，还有扛着锄头的村民，都在这秋日的田埂上听到、看到。至于山坡上从树上吊下来的硕大的顶着白霜的青色大冬瓜，一个一个的，目测都有十多斤重，抱起来一定是很吃力的。而需要低头才能经过的柚子树，那绿色泛黄的柚子正是成熟的时候，早已经压弯了枝杈，等着人们来摘。

远远地就望见山坡上的人家，土墙的院子中有一株巨大的柿子树，枝杈上挂满了诱人的小灯笼般的秋柿子，那果实累累的颜色，在翠色半山的坡上分外的显眼。我们也就理所当然地被吸引过去，沿着山间小路一路攀爬，穿过几丛高大茂密的竹林，到了一座低矮的院落门前。

正商量几句要不要进院，立刻就听到"汪汪汪"的警告，只不过不见狗儿扑出来，看来是内有"大狗"，只是被链子约束。小院子的主人慢悠悠地走出来，一位赤膊的老者，黑黝黝的面孔，精瘦的身板儿，洪亮的嗓门儿，能看出是经常干农活，体格很健壮，不过，慢悠悠说话的方式，也能听出年纪大约有70了。他一边喝住家中的黄犬，一边和我们打招呼，请到院子中来。

偌大的院子中，低矮的几间老式瓦房，简单简陋，不像人多的样子。一侧是养鸡的鸡舍，其中雄赳赳的高冠公鸡在来回踱步，对进来的陌生人一点儿也不害怕。看着养得这么精神的土鸡，我们就问土鸡的价格，主人家就说："25元一斤，我这鸡公，是这座山上养得最好的。"

院中的菜田里种着一大片的藤藤菜，在北方称为"空心菜"，或许是因为近日下雨，藤藤菜长得又旺又嫩；还有绿油油的嫩姜、红红的辣椒、紫色的茄子。在菜田的旁边，也正是院落的偏角处，长着两棵大树，一棵是柚子树，另一棵则是我们垂涎的柿子树。这棵柿子树从山下看不是很高，甚至还想着能够摇一摇，跳一跳，果子就能摘到。可是走进了才发现，仰望树梢，望果兴叹，够不着啊，就算是找来几根树枝，也是够不到的，更别说爬上树去，树梢也撑不起咱这体重啊，当然，能不能爬上去另说。

当和老人家说明来意，想摘几个柿子尝一尝，就问多少钱一斤。老人家兴奋地说："算你们识货啊，这棵柿子树，我十几岁时栽下来的，每年要打上百斤呢。不过呢，现在孩子们都进城，就我一个人，哪有心思卖柿子。既然你们来买，这样啊，五块钱一斤，随便打。"

老人家这么爽朗，可我们还是大眼瞪小眼，不知道怎么下手啊。老人说："这，你们不用发愁，打柿子嘛，看我的。"他转身进屋，就拿出来一把闪亮锋利的镰刀，刀背黑厚、刀刃白亮，不用说，就是顺手的家伙。

他拿着镰刀大踏步出门，我们不明白这阵势是什么意思？难道说，是老人要把柿子树给砍了？不可能。难道说，老人家要一口气爬上柿子树，到了高处后再把带果子的枝杈给砍了？可见，人家是多么的敏捷，多么的了不起，自己更是暗自惭愧，只能看老人家爬树的身手了。我还真是眼前浮现了一幅图景：老人家将镰刀别在自己的后腰皮带上，双手抱树，蹭蹭蹭，不几分钟，人家已经到了树杈上……

我们跟着他走，他却没有走向那棵柿子树，反而是走向院子外边的一片竹林。城市生活限制了我们的想象力。原来他是去砍竹子，做竹竿，然后用竹竿打柿子！哎，这也是了不起的能力啊。需要工具，就拿着镰刀就地取材，制造工具，简直就是大自然的主人啊，这才是人类的创造力。

他带着我们走到半山一片阴凉的竹林中，眼前有五六丛翠色的大竹子，高的可达20多米，遮天蔽日。每一丛都是密密麻麻地挤在一起向外向伸展，老人从竹根处砍着竹子，还对我们讲："这片山，这片竹林，我们老祖宗的，别人要给几十万买竹子，买山，我当然不会给。要知道，这些竹子，这些竹笋，每年产十几万斤呢，我才不舍得。"

咔嚓咔嚓，瞬间，他就已经砍了两根竹竿，只不过，凭他的力气，这两根竹子，因为顶端枝叶交织，是轻易拉不动的，就卡了竹林之中。他只好换一丛竹子，在外围的地方砍了一根较细的竹子，这一次总算是顺利地拖出来一根10多米长的竹竿。

然后，我帮助他把竹竿拖出来，他则拿着镰刀把竹竿的枝叶快速地削去，那熟练的刀工，把枝杈削去之后，一根光滑的竹竿就呈现在手里。我们不禁惊诧于他的天然工具制造能力，还惊诧于老人家那熟练的削竹竿的技艺。

由于竹竿太长，太重，老人家只能拖着走，经过几个方向的调整，总算是进了院子。估计他本是打算把竹竿扛起来给我们打柿子，但是努力地举了几下，愣是没有把竹竿举起来，也或许，当年对他这都不算是个事儿。

他把我喊过去，说："哎，兄弟，竹竿给你整好了，就看你的了哈。"

10多米开外的青色的刚刚砍下来的粗壮的湿竹竿啊，我每一次把竹竿举起来打柿子的时候都是费尽力气，不一会儿就咬牙喘气了。一个一个的柿子噼里啪啦被打下来，朱红色的水柿子，落地就摔裂了，我们只好捡起来，贪婪地吸一口，简直是最天然的甜味，最美妙的柿子的口感了，怪不得小鸟们都等着柿子红呢。

至于那只很凶的大狗，看到我双手扛起的长长的竹竿，早已经猫起来，默不作声了。只不过，红柿子落到它面前的时候，在吓一跳之后，会慢慢地嗅一嗅，然后舔一舔，再然后，双爪把一把，自己慢慢地舔。

这哪是打柿子，我在想，这简直就是在锻炼身体啊，不一会就湿透了上衣，汗水淌了一脸。尽管看到树梢上还有很多柿子，还是见好就收的好。孩子在旁边捡柿子的时候，就可惜这些柿子都裂开了。

我们把柿子提到老人家面前，让他秤一下，算一算多少钱。他竟然说："这院子啊，就我一个人，算钱，多见外，拿走吧，难得有人来打柿子，热闹啊。"

"您称一下哈，这么好的柿子，以后啊我们还经常来买您的鸡公，说不定明年呢就又来买您的柿子了。"我的意思是，要收钱，以后我们才能继续来买他院子中养的跑山鸡，种的果子和菜蔬。

谁知道老爷子笑着说："我这，活一年没一年的，说不定啊，过几年就没有我了哈，开心一天是一天，算不算钱都不重要啦。"

我们也赶紧宽慰他说："就看您砍竹子的那劲头，还有您这身板儿，没有问题，那一定是长寿的，何况这院子您打理得这么好，多舒服啊。"他这么说，我就更想多给他付钱了，老人家一个大院子，虽说是田园生活，可是，孤单起来也是不容易。

最后我说："这样，不称了，你说个数，要收钱啊，买个烟抽，要不，就打二两酒来喝。"

"可以，可以啊，那就二十块钱，多不好意思啊。"看来老人家喜欢喝酒，不怎么抽烟呢。

付了钱，打了招呼，老人家还硬生生塞了现摘的一大捆藤藤菜，我们才出了院子下山去。

山下的农家正弄着晚饭，辣椒豆豉炝锅，是那种地道的烧柴的香味。

万物静观皆自得

在砖墙上，没有刷水泥，更没有墙纸和装饰，只是涂刷了白色的涂料，算是简陋房间中的整洁。砖与砖之间缝隙明晰，甚至能看出砖墙的脉络来。

但是，置身其中，却有一室清气之感，中式桌椅，朴素家具，依窗而放，没有多余的摆设，甚至没有插花。墙上挂着的是一副对联："万物静观皆自得，四时佳兴与人同。"

这是观自在院落一间右厢房的茶室，坐下来，瞬间有一种奢侈感，万物与心，归于宁静。

置身此处，你能够忘记那耗命一般的紧急通知。若是一个会议接着一个会议，一个业务接着一个业务，工作和生活总是在"赶"的状态，恐怕你也想喘口气，缓一缓。

这个时候，不要给自己找借口，觉得自己终于忙完了一个又一个的项目，交上了一个又一个的文案，似乎是好

"充实"的感觉，回过头来却是琐碎的压榨，空空如也，时光已逝，尤其是让你重复提交内容差不多、形式多变的表格。

对一个人来说，若没有从容的状态，总是在焦虑和应急之中，就不会有什么创造力；若是一个组织，每天的工作状态都是一个紧急通知接着一个紧急通知，没有规划，更没有计划，可以想象组织中的成员是如何的应付，也可以想象这个组织的效率该如何的低下，几乎可以说是面临着社会的淘汰。

如果说，这个季节你还是这种状态的话，朋友，建议你去一下牧马山的观自在。尤其是秋风吹来了秋雨，桂花树下的茶座能给你一种治愈，你若不信，就试一试。

牧马山是诸葛亮屯兵牧马的地方，山势不高，水势连绵，植被甚好。观自在就是藏在牧马山深处的一座小院落，地图上找不到地址，甚至有的导航系统中都搜不出来。

若不是有几位飘逸的朋友，不仅是找不到这样的地方，都可能没有听说过这样的地方。这样的小院落不需要你知道，也不央求你光顾，有点遗世独立的风格，来的人靠缘分，无缘的人自然也就找不到这样的地方。

那一日，几位朋友沿着山间小道摸索着探路，在竹林和柚子树中间的缝隙中慢慢地溜达，循着"汪汪"的狗叫和"嘎嘎"的鹅鸣，才在大树掩映的绿茵中瞄到了青瓦的房顶和土黄色的土墙。

看到陌生人的到来，三只小黄狗盘桓奔腾，绕着我们提出警告。以至于竹林下的两只大白鹅也冲我们过来，小院的主人正在扫地，三两声的吆喝，看家护院的小狗和大白鹅就调转头撒欢去了。

朋友中有研究佛学的，谈到"观自在"是观音菩萨的另一个名号，大概意思是，一个人若是能够认识自己，就可以轻松自在了。一个人能够关照自己，自然就会顺乎环境，"晴天时爱晴，雨天时爱雨"，也就不会有什么烦恼。

听朋友这么讲解着，穿过小木门，进入小院落，一棵巨大的金桂长在院子的角落，旁边还有挂着柚子的柚子树。秋色在这两棵树上浓浓地长出来了。

尤其是金桂树上的桂花，朱红色的，一串串一簇簇，秋风过，桂花独特的清香溢满了整个院落，细细一品，还有酸酸甜甜的香味。金桂树下，经过昨夜的秋雨，落了一地朱红色的米粒一般，算来这是成都第三拨的桂花季了，也是最浓的一季，不过，这恐怕是秋末冬初的最后一拨桂花开了。

低矮的砖瓦房，陈旧的木桌椅，斑驳的乌黑之色并不是做旧的，暂且不说院落房屋的旧色，仅院子中的木桌椅，还有石头、陶制的花盆等，都是纯天然的上色。这天然的旧色和青苔是怎么来的呢？很自然啊，桌子破旧得几乎难以支撑，椅子也被磨损得光滑透亮，也就是说，下雨的时候，就尽情地感受四季的雨打，晒太阳的时候，就尽情地领略日出日落。

小院子在一个平台上，整个地势有着巨大的落差，平台之下是一片宽阔的田地，对面的山上，一片丛林，只有极少的人家，隐隐约约露出青瓦的房子，偶尔还能看到扛着锄头的农人在田埂上走过。

这一处位置像极了苏轼的超然台："台高而安，深而明，夏凉而冬温。雨雪之朝，风月之夕，予未尝不在，客未尝不从。"院子的主人把我们领到视野开阔的平台之处，说是很多客人来观自在，最喜欢的就是这一幕山野之境，哪怕是一个人来，也会安安静静地贪恋般地坐一下午，或者是在木椅子上打个盹。

主人还说，人常说："但使主人能醉客，不知何处是他乡。"观自在的茶座，一杯茶，常常让客人们忘了俗世的繁忙，找回属于自己的梦乡。

现在是秋季，各位看到的是刚刚收割的稻田，前不久还是满目金黄色的水稻，有两只定居了的白鹭在稻田上相互追逐觅食，还会鸣叫几声呢；下雨的时候，撑起大伞，坐在伞下，听雨，喝茶，看远山，看雨滴从伞上滴下，还能闻到桂花的香味，与你做伴。

至于春天，金灿灿的油菜花在你的茶桌下方，举春茶，闻着春的芳香，野鸭子、野蜜蜂也会赶过来凑热闹。

　　到了夏天，大树下的荫凉，点上我们的土蚊香，摇着蒲扇，这里不给提供电风扇，青青的水稻田，听着蛙声，那才是实实在在的"稻花香里说丰年"。夜晚的时候还能仰望夜空中的繁星，那个时候，陷入沉思的绝不是尘世的问题，而是难得的自我反思。

　　马上就要入冬了，一片枯黄，也一片苍茫，把炭火放在脚下的时候，不妨碍您坐在这儿，感受霜雪寒冬，暖茶会友，煮一壶红茶，置几个杯子，山河寥廓，挚友难得。

　　四时之景，竟在这一方茶座有了气象万千的变化。我们便在这高台茶座处坐下，不曾想，桌子的脚下竟然是三只小黄狗的妈妈在酣然的睡觉。到底是见多不惊，我们喝我们的茶，我们拍我们的照，桌子下的黄狗偶尔会动一动尾巴，或许，它是在做梦吧。

　　不一会，那三只调皮的小黄狗也你追我赶地来到院子中，玩耍累了，纷纷挤在一起，憨萌萌地半咬着舌头，把脑袋放在两只前爪上，睡着了。

　　有朋友正巧带了糕点铺的桂花糕，搭配下午的红茶，虽说是怡然自得的美妙，可是大约半个小时后，大家都相互不说话，好几个，靠着椅背睡着了。

　　我贪婪地嗅着桂花的香气，想把今秋最后一拨桂花留住，留在笔下，留成记忆：

秋风吹来了秋雨，
远方的朋友舍不得，
今秋的桂花季，
说什么也要在枫叶红的时候
赶上第三拨的桂花季。
桂花是秋天的仙女，
散发着超凡脱俗的香气，
伴着微凉微凉的细雨，
润着人世间的心脾，
城市里奔忙的人们
闻到了桂花的香气，
才能找回那迷失的自己。
桂花树下的竹椅，
昨夜里，淋湿了桂花雨，
朋友也舍不得轻轻拂去，
静静地陪着，
捧来一杯热茶，
把眼睛微闭，
是不是在说着
桂花才懂的话语？
一城的桂花，

送你，
晨醒呼吸，
夜阑听雨
······

为什么没有"空"儿，是因为不"空"
——尝试回答怎么样才能慢下来

夜深人静的时候，看到一篇散文《我们还慢的下来吗？》。文中写道：给生活留点"空"。并且，还对现代人的生活下了断语说："我们恐怕很难再慢下来了。"

为什么呢？因为我们"不知道如何与空白相处，或许就是一种典型的时代病，也是我们慢不下来的原因之一。"读到此处，觉得很有感触，就转给了朋友。

第二天，收到朋友的回复说："我知道慢下来很重要啊，可是，我却不知道该如何慢下来。已经习惯了快节奏，似乎那样才是抓住了生活与工作，似乎填满了一天到晚的时间，忙忙碌碌的样子，才是一种充实和意义。"

朋友说的这种状态，有时候我也有，似乎忙起来，才能找到自己在这个世界的存在感。可是，一阵接一阵的忙碌之后，若是有了片刻的宁静，坐下来的时候又会产生无名的焦虑感。

今年冬天的这波疫情来袭，成都再一次紧张起来。社区通知我居家隔离，这一下子，喜欢跑步的我，只好老老实实地在家里看书。真是不想慢也要慢下来，左左右右前前后后，坐卧不安，总觉得自己不是自己的感觉。

熊孩子天性爱玩，把家中的各种玩具翻来倒去，玩腻了，就让我给他找新的玩具，陪他创造新的游戏。我也就把自己小时候的玩具制造方法和游戏规则重新翻出记忆，陪他玩。比如叠三角、摔纸面包等。

可是自己小时候的游戏很简单，不过那个时候，再简单的游戏，小伙伴们，泥里土里都玩得不亦乐乎。而现在的小朋友，每天都是在手机视频上和小朋友们聚会了，自然会觉得我们那个年代的游戏太单调。我一天一个游戏的新花样很快就没有什么存货了。最近两天，已经没有现成的游戏了。孩子无聊的时候就会嚷："爸爸，玩儿什么嘛。"我只好遍寻屋子中的用具，希望能有什么启发，实实在在进入了带娃游戏"研发"状态。

幸好窗台上放着一个大的黄色的亚腰葫芦。那是秋天的时候，我们去野游，在一农户家看到葫芦藤上长了很多葫芦，大大小小，各不相同，像极了我小时候看的动画《金刚葫芦娃》。熊孩子没有见过这样的葫芦，也觉得很有趣。农家的老爷爷看到孩子喜欢，就摘了两个，一个大的一个小的，送给他。

回到家，我们爷儿两个经常学着《西游记》中孙悟空与妖怪相互斗法的环节，举着葫芦对对方说："叫你孙行者，敢不敢答应？"如同电视剧中，如果孙悟空答应了，就会被装在葫芦里出不来。

从秋到冬，亚腰葫芦也从绿色转为黄色，已经彻底干透了。看到这葫芦，我一下子觉得真的是见了宝葫芦。我就对熊孩子说："这个大葫芦，肚子中已经空了，我们可以做成瓢，依葫芦画瓢嘛；也可以做成存钱罐，如果要是做成存钱罐，就需要锯开葫芦上面的盖子。"

毕竟是四川长大的孩子，见过小葫芦做成的茶漏，想了一下，熊孩子就说："小葫芦做成瓢，大葫芦做成存钱罐，这样就可以把我的很多硬币装到大葫芦里面。"他还专门举起大葫芦，晃了一晃，里面的种子在葫芦里轻轻地发出响声。

"有一句老话说，不知道你葫芦里卖的什么药，现在葫芦没有开，你就不知道这个葫芦里有多少种子，种子又是什么样子，就像开盲盒一样。"我这么一说，熊孩子眼睛里充满了好奇，的确不知道葫芦里到底"卖的什么药"。蹦蹦跳跳地说："那你赶快，把葫芦打开吧。"

怎么打开呢？这就得依靠生活经验了，如果是用菜刀，那么，又干又脆的葫芦极有可能被砍破损，最好的办法就是用锯，于是，我们翻开工具箱，找出小钢锯，开始小心地锯葫芦，熊孩子在旁边看着我像做木工一样做玩具。我还专门给他机会，让他也感受一下锯葫芦的力度和感觉。

葫芦锯开之后，熊孩子抱着葫芦倒种子，一颗一颗的种子散落在盘子中，他惊喜地发现，原来一个葫芦里竟然有这么多的种子，一边收集种子一边感叹："原来葫芦种子长得和向日葵瓜子不一样啊，也和南瓜子不一样。看来，明年我们种下这些种子，也能长出很多的葫芦来。"

在他数种子、准备把种子放在专门的盒子中的时候，我在想办法让葫芦盖和葫芦本身如何不散开，就需要在葫芦盖子和葫芦上打孔，然后系上绳子，如同古人用来盛水的葫芦，似乎可以带着赶路，渴了，打开盖子就可以喝水。

打孔没有钢钻，就想起小时候乡下的土办法，把铁棍烧红了，直接可以把木板穿透。这一回也就只好用这个办法在葫芦上打了两个孔，用绳子系上的时候，孩子觉得，这简直就是一个天生的存钱罐，从来没有见过这种长出来的存钱罐。

他自己坐在地板上，把日常存下来的硬币，一颗一颗地装到葫芦中，边装边晃荡，然后抱着沉甸甸的葫芦，到处找地方藏自己的财富。

等他藏好之后，我就和熊孩子聊天："古代人，没有钢铁，没有塑料，甚至还没有陶瓷的时候，要盛水，装药，装酒，怎么办呢？"孩子一下子就明白："用葫芦呗，这是长出来的水壶啊。"

"是啊，可是，葫芦如果不空的话，怎么装水、装酒、装药呢？""你看，长空了的葫芦，才是葫芦的作用呢？""并不是说，都一定要填满长实，空也是一种价值，给以后创造的价值。"

我这么给熊孩子讲的时候，突然间，我意识到也是在给自己讲，平时总是和朋友说"空了，聚一下哈，到时候喝茶，聊一聊"。可是，这么一说，朋友们之间甚至是几个月都见不上，再加上疫情，甚至想回老家，想去西安，想去洛阳，想去卧佛寺看雪，只能成为奢望。为什么呢？因为填满了，现阶段的时间不空，心情自然也不空，没有空隙，自然就没有慢下来的进退有余的空儿。

没有空的心情，没有空的状态，外在有趣有意思的事情自然也就进不来。有趣的有意思的事情我们看不到、感受不到，留下的便是一种独特的焦躁感。没有回旋、没有间歇、没有进退、没有欣赏、没有呼吸吐纳的天地灵气，只有紧绷，只有追寻，只有当下，那么，我们还有远方，我们还有休整，我们还有发现吗？我们还是这个世界的生灵么？

　　关于空，关于空间，关于有无，老子在《道德经》中写道："埏埴以为器，当其无，有器之用。凿户牖以为室，当其无，有室之用。故有之以为利，无之以为用。"意思是，用泥土烧制陶器，中间空的部分才是有用的价值；开凿门窗建造房子，房子中是空的，才是居家之室；如此看来，才是"有无相生，有无相成"。而如今的我们，只希望看到有的东西，只希望抓住能够抓住的东西，工作和生活充斥了一切时间的时候，留给自己的空间、空闲又在何处呢？若是没有留存的话，生命中无的缓冲没有了，我们拿什么来收纳自己的生命灵气呢？拿什么来和世俗的社会能量平衡呢？

　　正是因为葫芦是空的，它才具有一种收纳的状态，它才在古往今来的文化中具备了一种飘逸的仙气，它才让人觉得有意思。那么，如果葫芦是结实的，谁还会在云游四方的时候带着结结实实的葫芦疙瘩呢？那沉甸甸的感觉不是飘逸，是负重。

　　若是人们过于焦虑，过于被填满，我们几乎就丧失了与大自然对话的机会，甚至丧失了与周遭沟通的机会：秋天的树叶飘飞，错过了；冬日的暖阳温暖，也错过了；朋友推荐一本有趣的书，没有时间翻；远方城市有一条老街，没有时间去。

因为，没有生灵之气，也就没有了天人之际，人们在自己制造的秩序中折腾奔忙，忽视老天其实也安排了大自然的秩序，春夏秋冬，"日日是好日"，生命在大自然中自有其舒展和空隙，呼吸吐纳，进退有据。

所以，想对朋友说：人其实是有仙气的，需要慢下来，能够空，才有空儿。填得太满了，不是充实，是虚幻，甚至对自己都是个累赘，不轻松，太累。

最好的看风景的位置

　　水街，轻安二楼，靠窗的位置，是习惯了的书桌，或者是约上好友，点上两杯茶，聊点什么。

　　这个位置，之所以习惯，是因为一窗的风景：正窗下是一株繁盛的桂花树，斜着是一株梨树，往外是水街的一条小径，小径边上是连廊亭台，亭台边上也长着一株梨树。

　　路那边是肖家河，慢悠悠地一年四季从水街流淌而过，偶尔三三两两的白鹭在河里觅食，在河边的树上梳理自己的羽毛。有白鹭有绿水，才会理解"江碧鸟逾白"的诗意，生长在黄河边的我，小时候是读不懂这一句的。

　　肖家河的对岸是散花书院，也是我经常去喝茶看书的地方，尤其是春节的时候，很多门店都已经关门放假，几乎没有几个人会在街上来往。

　　可是宁静的水街，寒夜里一盏昏黄温暖的灯，等着你来翻翻书，这样一家书院，实实在在的难得。夜深的时候，店员会在打烊的时候提醒我，我才略表歉意，与店员们一起离开。或许，正是有这些温暖的书店在，才有了一种安心坐下的寄托，算是度过了一个有书有茶的寒冬。

大约一个月前，在散花借了三本书，果然是"书非借不能读"，惦记着还书是有截止日期的，于是在办公室，在宿舍，都挤出时间翻看，总是放在最近的案头上。

估计还书的时间快要到了，今天就专门到水街把书还了，琢磨着，这次只借一本，好借好还，轻松，没有心理负担。到了水街，惊喜地发现，两三天没有来的水街已经是枝头春意俏了，从青李花到红李花到粉桃花，桥头、墙边、河岸，正是绽放的时候，而春衫各色的人们欢聚在水街，享受着春日的阳光和春风的气息。

这种扑面而来的感觉，就如同朋友说的："忽然，花就开了，姹紫嫣红的春天，是跑到我们生活中，而我们的生活似乎被动了一些呢。"有时候，安静下来，我就在想，朋友的这份感慨是不是呈现了一种状态呢，一种疏远了田园气息，被封闭在自我运转的时空里的状态？人们通过各种自己创造的逻辑，比如工作，比如会议，比如流量，比如算法，却忽略了春天的各种生机，各种萌动，各种无声无息的闲言絮语。

所以，当春天来了的时候，竟然是一种猝不及防的撞见。撞见？对，撞见。撞见什么呢？撞见了当下的春天，春衫随风，笑语盈盈，杂花生树，春水方生。

就如同前几个周末，在一家不起眼的茶馆看到一套罐中长出一束油菜花，似乎是天然的插花，摇曳着油菜花的芳香。叫了一杯茶，坐了半个钟头，有了打盹的感觉，"山村里有一座小院儿，小院儿外种了一片油菜花儿，春风里采了春茶，打了盹儿，黄狗狗过来蹭着玩儿，蹭翻了木桌子上的粗茶碗儿，打断了梦里看见的，故人的脸儿……"

几个人商量着去吃午饭，把茶留着，老板说，上午的茶是上午的，下午的茶是下午的，不留座也不留茶。朋友们点评这个老板的规矩不懂得通融，我却觉得，油菜花田里的茶馆，值就值在这一季的油菜花，一杯茶，喝的岂是简单的味道，那春的气息可是人间的造化，怎么算价？

都市生活的人太忙，没时间也没有心情去踏春觅春，没有心情，是因为心门被琐碎的繁忙锁上了，心门不开，那世间的灵动，树梢枝头毛茸茸的蓓蕾，自然也是看不见的。那只好让春天找我们来，不期而遇地撞上，撞了一个满怀的仓促，等到惊喜地看见水街又一年的春意，这个春天就又要过去。

还书之后，背着书包去轻安，当然就想安静地坐下来，刚刚在一楼的书桌处放下书包，窗外是春笋萌发，于是喊了一杯咖啡。

只是，惦记着二楼临窗的位置，收拾东西，对店员说："我去二楼临窗的位置看书，咖啡端上来就成。"等不及电梯，直接从楼梯上了二楼，直奔临窗的桌子。

如愿以偿坐下的时候，心中竟然有一份小小的窃喜，窗外的梨花树枝干正好伸展在落地的玻璃窗前，如同一幕天然的画布，宽幅，枝干如水墨勾勒，没有一片树叶，却在每一个枝干上都星星点点地长出了绿色蓓蕾花簇。枝头的花簇，有的已经吐了洁白的梨花，有的羞涩地躲在花骨朵中，酝酿伸展的姿态，有的还只是一滴滴浅绿色的墨点，在褐色的枝头等着春风唤醒的秀色。

梨树开花的枝丫，不像其他的树种，喜欢向上伸展，梨花树喜欢不断地向旁边空间充足的小路伸展。路过的人，说不定，在梨花开满的时候蹭到树枝，便会梨花满身。

在我看着窗外发呆的时候，有客人也来到这临窗的位置，对店员说："我最喜欢这个位置，最好的看风景的位置……"

一窗梨花，陪着……

春风水街坐一个下午

今年的春天，气候很是特别，几乎是一周入夏，气温高得离谱，原本是次第开的花儿们，在炎热的阳光下，一股脑儿地都开放了，梨花谢、桃花开、垂丝海棠赶趟儿来，甚至原本要四月才开的紫藤花，也提前了花期。

垂丝海棠开的时候，那简直是锦绣绸缎的感觉，花朵们开得密不透风，若是几株海棠树连着一片，树下面站着的人，闻到的空气都浸润了海棠花的味道，拍照的话，整个背景就是满屏幕的海棠花的底纹一般。

如果三两天没有来水街，就会发现错过了这个春天。街上喝茶闲坐的人们原本是春衫丽影，现在倒是夏日的裙袂飘飞了，就连茶桌的饮料也已经不是盖碗绿的主打了，冰粉儿早早端上了桌子。

周六的下午起了凉风，寻轻安外面的小茶棚，在角落的位置正好有茶台，适合看书写字，也适合看对面小路上的人们往来，总之，位置僻静，没人打扰，视野开阔，随意观望。

木质的茶台不高不低，正适合翻书，靠背的木椅子结实舒适，靠在椅背上写字看书，一点也不觉得累。茶台外支起的窗棚有点借鉴古代建筑的支窗，避雨又遮阳，似乎还有一点点相对独立的感觉。

今日茶台对面肖家河边的连廊上正好有一位老者，带着遮阳帽，缓缓地拉着二胡，还自带一个小音箱，放着隐隐的背景乐，当然，他拉二胡的声音是最大的，即便隔着那么远的距离，我都被那二胡的曲子吸引了。

《我和我的祖国》《天路》《女人花》《真的很想你》《女儿情》《渴望》《南泥湾》等，一支又一支老歌，在二胡的曲调中倾诉如潮，流淌而出，如同潮水般漫延至整个水街，漫延到我的茶台边，恍恍惚惚，如同老友对酌，又如同时光回溯，有一种别样剧场的感觉。

春风中的老曲子，在这个特殊的时期，竟然感觉格外的恬静难得。是不是这份美好不易相遇，却又恰好相逢，算是一场奇遇。

抬头远远地望见，古色的连廊下，一位老者沉醉地拉着他的二胡，低头晃躯，胳膊来回摆动，老歌从他的指尖流出。他身后是乌黑的树干、翠绿的树叶、洁白的玉兰，若说是剧场的布景，这算不算现实中最鲜活、最难得的实景布置了。

在老者的身旁环绕着几位小朋友，安安静静地看着这神奇的乐器，还有几位大人在拿着手机拍摄，拍摄者总是一拨走了又来了一拨，大家惊奇地享受着街头的古典民乐。

午后水街，客人越来越多，坐在户外的茶座。这些茶座大都被绿树环绕掩映，就如同我眼前的桂花树，嫩芽正拔尖拔尖地冒出来，一株树都是新绿的，还有原本长满蜡梅的枯枝，现在已经是绿色成丛，枝头上还长出了绿色的腊梅果子。

凉凉的微风吹过，空气中弥漫的春草嫩叶的清香，轻轻拂过鼻梢，即便是焦热焦热地快速入夏，依然回避不了人间三月的春天。而这种焦热焦热的天气，像极了工作中有时候的状态，可当下，午后春风中的一杯茶，安安静静坐一个下午，在春天的树下，陪着嫩叶萌发，陪着海棠繁华，陪着陌生人续茶，陪着自己听二胡悠悠地拉。

这个春天的午后才是春天的午后，没有繁杂，没有案头的积压，要做的就是，坐下，无意间感受到春风在把你的臂膀轻轻地拍打。

浅浅的春日，深深地度过

　　三月底四月初，草木抽芽的时节，空气中弥漫着一种涌动的气息，或许就是春天的味道。

　　早上下了春雨，不大，滴滴答答，湿了路面，湿了树叶。出门晨跑，感觉微寒，锦城湖道路两旁的梧桐树和桂花树，新芽发满，掩映着舒服的跑道，在这样的道路上跑步，呼吸更舒畅，步伐似乎也更轻盈。

　　锦城湖边的垂柳已经长成了帘幕，若是哪个孩童折了柳枝，正好做柳笛，倒应了那句古诗："牧童归去横牛背，短笛无腔信口吹。"小时候，在北方的乡村，这个季节做的柳笛大小不一，声音各异，上学路上的孩童们，斜挎着各自军绿色的书包，蹦蹦跳跳，都尽管欢快地吹着，甚至到了教室都是此起彼伏，不肯消停。要等到老师用教鞭"咚咚"敲一下桌子，才能安静下来上课。

　　而老师的教鞭，通常是我们大家折柳枝，做过柳笛后白色的柳木棍，长约一米，光滑趁手。有时候，班主任老师会收到一捆这样的教鞭。

至今都能清楚地记着那一幕情景：乡村的教室里，琅琅读书声，乡村教师经常是一只手举着书领读，另一只手则拿着教鞭，指着黑板上的字句。若是有哪个调皮蛋儿作怪的话，老师会真的拿起教鞭，在他的小脑袋上敲几下。若是调皮蛋足够聪明的话，就会在帽子中藏一些书本，任凭老师敲打也不疼的。也有胆子更大的调皮蛋儿，偷偷地把老师的教鞭全都扔了，让老师惩罚学生的时候没有了教鞭挥舞。

来到蜀地，却发现这边的孩童没有做柳笛的习俗，一次，与朋友踏青，采摘椿芽，适逢柳枝摇曳，就童心大起，顺手折了柳枝做了几个柳笛，含在口中，春笛声在山谷响起，连同树上画眉鸟的鸣叫，那声响单纯属于春天的感觉。

的确是呢，若是清明过后，柳树已经长结实，柳笛也就做不了。就如同椿芽的香味，清明前味道鲜美，若是摘了几瓣，忘了在衣兜中，那种自然的香气一直会萦绕着你，比名牌香水的味道要神奇多了。何况，没有吃椿芽，就不算是感受了春天的味道。至于在四川，除了椿芽要尝鲜，更必需的就是春笋。

春雨后的林盘和丘陵，春笋会神奇地像地鼠一样，从地下一个一个冒出来，不同品种的竹子，长出的竹笋的模样也不同。那种像宝塔一样的春笋最为馋人，一层一层的外壳剥去，露出来的是白嫩的笋肉，散发着竹笋的清香。擅长做竹笋的厨子可以凉拌，也可以清炒，还可以炒肉，端上桌的时候，仅仅那咀嚼的口感，就清脆可口。凉拌春笋，呷上一杯老酒，其中的绝妙，你尝了才知道。

其实在北方的春天，最具春天味道的野味，不是椿芽，也不是春笋，而是柳芽。并不是所有的柳树都能长"柳芽"，印象中，只有那种能柳絮飘飞的柳树的柳芽，才是适合做菜的。

也就是这个时节，春天的三四月，柳树枝丫摇曳，柳芽长得正是娇嫩，村里人会把柳枝上的柳芽捋下来，像南方采茶一样，满满地装一筐。

柳芽需在烧开水的锅里焯一下，快速捞起，这样似乎就把柳芽的苦涩去除了，然后拌上蒜末、盐末、小磨香油，清清爽爽，翠绿一盘，端上桌子，一筷子夹到嘴中，整个味觉都是最田野的春天。

凉拌柳芽的味道啊，一去太久远，离乡多少年，这个味道就回味了多少年，几乎已经成了童年的记忆。与春风堤柳、麦田细埂、黄河风沙、微甜桐花交织在一起，与挎着篮子、拿着小铲子在田野里寻野菜的身影，拼凑成春天的神奇。如今，思而不得的春天的家乡，只能在梦里。

回不去的家乡的春天已经沉淀成一种淡淡的乡愁。他乡成为故乡的时候，那就好好领略蜀地的春天。春雨中的水街，游人少的时候才格外的安静飘逸。青石板上星星点点的雨滴，密集地敲击地面，清洗着嫩绿发亮的树叶和竹叶。野斑鸠在茶座旁边的草地上频繁点头啄着虫子、嫩草吃，还有鸟儿也忙着找干草枯枝，搭建春天的房子。

　　寻轻安的小茶台坐下，店员问："喝茶还是咖啡呢？"我想起随身带着北京的朋友寄来的明前茶——西湖龙井。

　　"泡我自己带的春茶吧。"我对店员说，遂想起自己每年春天都会在烟雨朦胧的西湖边，坐一坐，点一杯西湖龙井，一个上午或者一个下午，看着水墨入画的西湖，还有那雨中的行人，浅浅的春天，深深地度过。

　　朋友寄茶的时候，微信说："这家的西湖龙井，是我认识的茶农，正宗西湖龙井，他家人都很好，已经定了好几次。"人好、茶好，是有关联的，所以才会赠给朋友品尝。有朋友惦记着，是福气，更是因为"人好"，好好地珍惜这份难得的不容易。

　　这个春雨中的周末也不容易，总要尝一尝春天的味道，在微寒的春雨中，看着窗外竹林中新冒出的春笋。

边关的派出所

    截至目前，这是我去过的海拔最高的派出所，大约在海拔3100米的高山上。这也是我去过的最边远的派出所，我们从林芝出发，一路高速公路，沿着雅鲁藏布江河谷，驱车3个小时才算到达。

    这个派出所是一座边境派出所，叫金东派出所，在林芝朗县金东乡。

    2022年4月9日，林芝的高原天气特别好，蓝天开阔，湛蓝如洗，白云朵朵，随意舒展，让从成都来的人顿觉心胸舒展。至于包围着小城的山上，白云萦绕在半山腰，风吹来，让云雾缭绕有了一种仙气，山顶的皑皑白雪依然清晰可见。

    雪山环绕林芝小城，街上的桃花、海棠，树树灿烂，随风摇曳。藏式建筑的房子和街道在雪山下又特别有独特的民族风味，我特别想和朋友说，这简直就是一座"白云生处的小城"，或许是因为疫情，游客少，安安静静，并不喧闹。

　　按照工作安排，前往朗县金东乡边境派出所调研。

　　上高速，出林芝，沿着雅鲁藏布江河谷，一路上两边的山上，桃花漫山开放，白色的、红色的、粉色的，一片片一树树，在高原阳光的照射下，映衬着清澈的蓝天，远远近近，似乎走进了桃花源之中。尤其是风吹来的时候，落英缤纷，古老的野桃树下满地都是粉色的花瓣。果真是"人间四月芳菲尽"，林芝的桃花却开得正盛。

　　我们在河谷中奔行，两边山势高耸，青色为主，绝不像蜀地的山那样秀气，植被茂密，翠色连绵，这里的山能够生长低矮的树木和灌木就已经很不错了。高速路两边稍微平整一点的土地长满了绿色地毯式的庄稼，很像我们北方的冬小麦，同行的张航说这是青稞。青稞田周边植上了一排排的柳树，低矮的柳树，枝条青青，翠绿柳色，与白雾般的野桃花组合，沿途还有高耸苍劲的古松树，整个就是一幅在你面前不断伸展的世外山林的画卷。

　　藏家小院的院落外常常看到憨萌的牦牛在慢悠悠地吃草，或者三五成群地在公路上散步，它们是不让车的，车辆要慢慢地开过去。还能够经常看到骏猛的马，油亮亮的毛色，抖擞的鬃毛和长长的尾巴，野性张扬地在野地里来往。

这一路的风景让我总有下车拍照的冲动，可是，时间赶，工作要紧，只能透过车窗抓拍几张了。

　　随着海拔的升高，多多少少会有一点高反，脑袋有点蒙蒙的。张航提醒我："我们刚出林芝的时候，您会发现树木葱茏，简直不像高原。这一段谷地被称作'林芝药谷'，药材丰富，可见其植物的茂盛。不过呢，再走一段，树就少了，绿色植物也就没有那么茂盛。再往里走，灌木就更少了，氧气也就更少了，环境也就没有那么舒服了。"

　　我明白了，随着海拔的升高，环境植被发生相应的变化，基本上可以分为三段了：出林芝那一段，柳色青青，藏地江南；过米林，往里走，树木逐渐减少，大多是灌木稀疏；至于到第三段的时候，我已经有点昏昏欲睡，也感觉到了高原的阳光耀眼强烈，尤其是到了金东乡的时候，植被已经很稀罕了。偶尔会在山谷底看到几株小树，或者是小片的绿色植物。山石突兀，道路险峻，常常是看不到植物的生机。路上的牦牛、山鸟和狗都很稀少。

　　到了金东乡派出所的时候，早上出门穿的棉风衣热得已经穿不了，来之前被提醒，早晚温差大，所以穿衣服要随时增减。派出所所长李喆带着所里的民警们热情地招呼我们，大家在回形建筑中的一处庭院坐下来，开始工作。

　　所里的同事们来自祖国的五湖四海，河南的、山东的、四川的，到这里大多十多年了，每年春节，所里还邀请家属到这里过年。

谈及与内地派出所业务的比较时，他们讲道："我们这里方圆几十里，杳无人烟，守着山口便是边防。内地派出所一天的接警量可能上百起，我们一年也没有这么多的接警量。可是，在这个地方的坚守，扎根在这儿，本身就是一种使命。"

"内地派出所的战友们很辛苦，但他们工作一段时间可以轮休，或者是短假，看个电影，逛个商场，总可以调节一下的。我们就不一样，平时和周末是一样的，反正是天天都在，周末你也没有什么地方可以去。到了冬天，就更考验人了。就像歌里唱的：'什么也不说，祖国知道我。'不过现在派出所的硬件条件已经比原来好多了。"

"我们这里，还可以吧，墨脱那边更恼火，每一次去都是要备好干粮和水，说不定在路上出现泥石流啥的，被阻隔几天也是很正常的。"

"阿里、日喀则，那边的海拔更高，更缺氧，有时候出警救援，甚至还会碰到雪崩，每一次都是命悬一线，甚至有的战友们为了救援，牺牲了年轻的生命……"

中午一点多的时候，到食堂用餐。所长是山东菏泽老乡，很骄傲地说："今天炖了鸡汤，这鸡是我们自己养的。还有啊，这青菜也是我们自己在大棚中种的，边境派出所大多有自己的大棚，解决吃菜问题啊。"

饭后，我们跟随所长去看他们养的鸡种的菜。在鸡圈里竟然看到一只大白鹅，"嘎嘎嘎"地冲我们叫，很是凶巴巴。"你们还养了鹅啊，这可以吃鹅蛋了哈。"我觉得有趣地问道。"不是啦，那是一只公鹅，是为了保护鸡群，因为野猫饿得没得吃就会来偷鸡，有了公鹅，鸡群就安全了。我们一年要养上百只鸡呢，这不，又该买小鸡苗了。"

　　在派出所的院子里竟然并排挺拔着几株小白杨，枝干已经有碗口粗了，树冠的叶子新绿照人，四月的春风吹着树叶，丝毫没有高原之感。我们手扶着小白杨的树干，不由得想起《白杨礼赞》，尤其是这哨所旁的小白杨，"根儿深，干儿壮，守望着北疆"，军歌《小白杨》的旋律从心窝窝里流淌出来，闸都闸不住。

　　我记得，在军队从事文艺工作的艺术家阎肃曾经说过：我们也有"风花雪月"，但那风是"铁马秋风"，花是"战地黄花"，雪是"楼船夜雪"，月是"边关冷月"。

　　从林芝回来，一直惦记着高高山口的派出所，总觉得边关的派出所那种家国情怀是一种当代的力量在涌动，在影响着我。小白杨长在边关派出所的院子里，那里的战友们，夜里，看到的正是雪山顶上的"边关冷月"，他们一直都在。

夜听山溪隐民宿

夜深的时候，乌黑乌黑的大山里凉风习习，安静的只有虫鸣，还有谷底哗哗的溪水声。

我们坐在民宿的凉台上，对面是山，左面是山，右面还是山，准确地说，我们所住的民宿是在海螺沟四面高山怀抱中的一座山的山顶。

远离了城市的喧嚣和霓虹灯，山林的黑夜给了人们黑的底色，那种眼神的舒缓，在天际边勾勒出的是蓝黑的大山起伏的轮廓，在漫天的星空下蜿蜒伸展，在天际处伸向难以言说的远方。

山林的寂静给了人们宁静的心安，似乎尘世中真的存在与世隔绝的世外桃源。坐下来，面对高耸浑厚大山的时候，相对无言，却心境相通。山里面的古树老松、松鼠、鸣蛰都有了灵性，自由自在地在这峡谷溪水的流淌中相伴而生，而我们就是其中众多渺小中的渺小众生，在山林的呵护中安安静静。

凉台的设计别出心裁，因为有一棵树从凉台下生长出来，繁盛的树冠如同大伞一般，遮盖了整个凉台；凉台上微微昏黄的夜灯映照着树干，树干和树叶稀疏的影子投射在旁边的白墙上，夜风吹来，摇曳的影子随着树干晃动，那水墨画也就变成了动漫的样子，一面白墙，在夜色的灯光中有一种温柔的絮语。

凉台处放了一张木桌，朋友拿出自己带的老鹰茶，直接煮开民宿冰凉的自来水，"这是山里面的水，水质要比瓶装矿泉水清冽多了，雪山上融化的雪水流下来，才是真正的矿泉水，用来泡茶，香得很。"朋友边泡茶，边对我说。

朋友从读大学的时候就开始上北京闯广东，几经周折，换了几个城市，做过媒体、经过商，后来竟然进了体制，也可以说安安稳稳地生活工作，按部就班，何况人到中年，上有老，下有小，家里单位大小事都是要费心的，肩膀上担子重了，总会生出一点疲劳感。

边喝茶，朋友点上一根烟，把脚翘在桌子上，人靠在椅背上，头歪对着凉台下面院子中一团乌黑的大树，其实是四株参天古松树，高耸而上，树冠磅礴。几棵大树抱团在一起聚合生长，气势叠加，元气汇聚，颇有雄壮之感。

谈及这难得的片刻，藏在山林的怀抱，犹如小精灵般享受着山泉和松涛，平时的紧绷和心机都可以甩到九霄云外。朋友歪过头来对我说："你有没有这种感觉？就是，现在的我们恐怕是最富足的，不是说我们一定要有多少钱，此处此时的青山相对，溪水清脆，夜风拂面，好友对酌，便是无价的，这世上，有多少人是享受不到的。"

"免费的才是昂贵的，就比如这山林的凉爽清幽，还有湛蓝的天和洁白的云，还有农家园子里不打农药的菜蔬，还有那些漫无目的啃草的黄牛，和那些甩着尾巴的骏马？"我接着朋友的话说："城市里固然便捷，可人天性是在山林中生长的，有泥土气息才是生命的灵动。"

"当人们为了追逐而追逐，为了数字而数字，为了增长而增长的时候，生活的本真就已经消失了，那么生命的意义又在何处？"朋友说，自己早已经过了愤世嫉俗的年龄，可是这卷来卷去的疯狂早已经使人类丧失了原有的节奏和从容。

朋友的话让我想起那独特的一幕，在一个蜀地的小县城，保持了淳朴的民风，赶场的老邻居们依然能够三五个鸡蛋或鹅蛋地叫卖，手工茶叶依然受欢迎。

当我偶然的一次经过赶场的街口的时候，看到一位老大爷在路边的地摊儿旁蹲着，他的脸上虽然也有皱纹，但却不是那种愁眉苦脸的苦相，也不是卖炭翁一样的"心忧炭贱愿天寒"。他抿着酒碗儿里的二两白酒，打量着来来往往的人。他的面前是两兜鲜活的螃蟹，个头不大也不小，但都是青色健壮的。听朋友和我讲，老头儿几乎每隔一段时间的傍晚都会在街口的地摊儿上卖自己从河里或池塘里抓的野生的螃蟹或大虾，卖了钱就会买二两小酒，自己怡然自得地抿两口。

我并不想了解老人家是什么职业，或者是什么样的家庭，他那怡然自得的神态和乐在其中的豁达却一瞬间击中了我。相比他有趣的方式来说，我们是不是都过于复杂，或者说过于烦琐？我们到了他那个年龄，还会有他的乐在其中与趣味无穷么？

"我妈妈曾经说：'小时候的云，很好看，不仅是颜色的洁白，而且各种形状，各种颜色，还在不断地动，在漂移'"，"哎，我妈的意思啊，就是现在的云彩不好看，不仅仅是颜色，更是形状。我在想，我妈说的一定是城市的云，空气的污染，哪还是童年的洁白无瑕的云呢？"朋友一边感慨城市的云和童年的云，一边感慨今天海螺沟的云才真的叫云，在青翠的高山与洁白缥缈的雪峰之间漂移的云朵，大朵大朵的，仅仅是看云，都能得到治愈。

其实，不要说海螺沟的云彩很治愈，就连寻常道边的玉米、向日葵，树上的梨和苹果，因为山势纵深，水土丰厚，都要比寻常的庄稼、水果高大丰硕。常常是散步在山间小路上的时候，路边的果树上，往往褐色的梨和青色的苹果压弯了枝头。

触目之处，山势叠嶂，众多的民宿隐藏在山峦间，峰回路转的时候甚至别有洞天，能够发现新的小阁楼和小院子，比如半山云居等等。

我们在山间一日，真的算是不知世上凡间了。我就对朋友说："苏东坡曾写：'惟江上之清风，与山间之明月，耳得之而为声，目遇之而成色，取之无禁，用之不竭，是造物者之无尽藏也，而吾与子之所共适。'不正是我们今日的写照么？我们今日里，聊的是白云，喝的是山泉，清风入心，山林相伴，古松对语，溪水潺潺，我们算不算逃离了城市，归隐了一番，夏日山居，暑气尽消。"

不觉然，已经是午夜已过，我们还是贪恋这样的夜色，舍不得。纵然是这份难得，恐怕最难得的是知道"难得"。

苏东坡在《行香子·述怀》中写道："清夜无尘。月色如银。酒斟时、须满十分。浮名浮利，虚苦劳神。叹隙中驹，石中火，梦中身。虽抱文章，开口谁亲。且陶陶、乐尽天真。几时归去，作个闲人。对一张琴，一壶酒，一溪云。"

若说"对一张琴，一壶酒，一溪云"是世人对东坡的羡慕，也是我们今日的渴望，那么，要想沿着东坡的心境之路前行的话，不是羡慕他作个闲人的悠哉，而是要学东坡对生命的通透："浮名浮利，虚苦劳神。叹隙中驹，石中火，梦中身。"

人这一辈子啊，苏学士早就看透了，白驹过隙，石击火星，梦中一晃，在苍苍茫茫的无垠宇宙中该是多么的渺小，却去追逐那些浮名浮利，"虚苦劳神"。东坡学士太知道人生的有限性，才这么珍惜，珍惜在美好上。

若能理得清，"几时归去，作个闲人"，古松树下，听山风，喝山泉水泡的野村茶，还要有个喜欢苏东坡的朋友聊天，观云发呆，挺好。

白云生处有人家

前两年，新冠疫情打乱了人们的生活，城市里的人都向往着在山里面有一座小院，墙边有翠竹，院内有菜蔬，猫狗两只，懒散地在角落卧着。

今年夏天，热浪灼烧，持续的高温让人喘不过气，就连动物园的小熊猫都需要抱着冰块度日，街上的小狗根本不敢四只脚同时着地，交替着站立才能勉强在户外站一站，柏油路到了晚上还冒着柏油的味道。躲在空调房里的人们纷纷逃离所在的城市，去贵州、去青海、去内蒙古避暑。四川省内的甘孜、阿坝、凉山、雅安、峨眉山、都江堰等地的山林，成了最理想的避暑目的地。

丘陵已经扛不住热浪，唯有深沟大山，那里的山峰壁立千尺，犹如接天帘幕，高耸云端。山上更是老林茂密，把暑气遮挡，才能让逃离酷暑的人们把清凉安放。于是，人们就有了新的向往，在半山腰或者山顶上有一座小院儿，不需要多舒适，只要满目青山，山风清凉，溪水潺潺，晚上能够酣然入梦。

（一）山上的民宿

中午，在太阳下面走两步脸就如同肿了，热得人没有什么胃口，用老人家的话说，空气都是烫手的。

正好休假，出成都，过雅安，钻山洞，爬山梁，算是进入川西大山，温度一下子就降下来。到了泸定，一路堵车，傍晚时分才到磨西古镇，华灯初上，伴着山边的彩云和成群的游客，算是到了这几天要落脚的民宿——老陈的院子。

老陈的院子在海螺沟对面的山坡上，几条山间的窄窄的公路把散落的人家串成了一个小山村，用杜甫的诗句形容最为形象："城中十万户，此地两三家。"

如果在网络平台订房，这个季节各家民宿都是满房，加上海螺沟的天然温泉，价格自然也不会低，好一些的要大几千元，一般的民宿也要六七百元，尤其是冬夏两个旺季，冬天泡温泉，夏天好避暑。老陈的民宿则是二百多元，其实院子条件也不差，民宿设施基本都是新的，每一天的卫生都是老陈两口子自己做，客人用过的被褥是一定要及时换新，一尘不染，很是舒适安心。

那为啥这么便宜呢？老陈自己腼腆地说，院子就是院子，没有怎么打理，满足住宿就成，不精细，也没有什么特殊的调调，院子里的花花草草是那种最容易活的仙人掌。至于在网络平台上的推送，自己也不太懂，既没有视频也没有故事，能来的客人都是有缘人，住了以后呢就变成回头客了，也挺好，自己家人经营，太火了太贵了，反而忙不过来。

老陈是典型的山里人，中等身材，肩膀很是结实，腰板也直，我们经常看到他从山上背着蔬菜下来。他的脸盘黝黑红润，说起话来慢悠悠的，不会那种眉飞色舞，倒是有一点点的腼腆。他和客人说话的时候习惯递上一支烟，当然，客人请他喝一杯的时候，他也不会拒绝。

老陈说他的民宿普通的时候，我们也感受到了，院子里没有特别的树，既没有苹果树，也没有梨树，更没有核桃树，想在树下发呆、冥想、看云都没得机会；房间里也没有特别的装饰图画，更没有书架会给你摆上两本好书，即便你想摆拍，都没有条件。住的一般，那吃得怎么样呢？老陈的老婆也是典型的山里人，虽然逢人喜欢拉两句，基本上讲的就是：土腊肉是自己家养的猪，辣椒、藤藤菜、茄子是刚从后山上自己园子里采摘的，新鲜得很，不打农药。至于味道如何？虽说材质好，味道真是不敢恭维，这份农家家常菜，若是我们自己动手在他们家的地锅柴灶上炒菜，那一定是胜过他们这几盘小菜的。

至于说老陈的民宿有没有养几只乖萌的猫咪和酣萌的狗狗，惹得来客喜欢得不得了。老陈会说："没有，忙得哪有时间养它们。"那就更不用想老陈还有时间和精力给你整上点山里的野茶、野果、药材和泡酒了，门儿都没有。

嘿嘿，来住的人们啊，您就是来住的，请收起您那份文艺的心和精神需求吧，大山会给您弥补这一切的。

低矮的砖墙、五层小楼、水泥地的院子，就是这么简陋的民宿，在半山坡上。早上的时候，对面半山上云雾缭绕，似乎是松树林里溜出来的云朵，怪不得他们给自己起了一个相对文艺的名字——"爱上云家"。我在想，他们起名字的时候是不是受了唐诗"白云生处有人家"的启发，何况，这大山里的民宿本身就藏在白云生处，抬头是青山白云，低头则是深沟里哗啦啦冰川上融化下来的溪水。

晚饭的时间也就六七点钟，天还没有黑，我们就让老陈把桌子和板凳放在院子的中间，索性几个人，光着脚板儿，开始吃饭了。桌子上是老板娘下厨炒的几个家常菜：竹笋土腊肉、青椒小炒肉、蒜香茄子、炝炒藤藤菜。

夹了两口菜，朋友竟然感慨起来："这情景，想起童年的乡村，老家的老院子。一家子人，傍晚时分，晚霞漫天，围坐在院子中的小桌子旁，吃着简单的菜蔬。那个时候呢也是光着脚丫子，脚丫子没来得及洗，说不定还带着和小伙伴们在村子里疯跑的泥巴。要不是老娘在村口喊吃饭，怎么着也要再和小伙伴儿们玩一会儿。"记忆里，小时候自家院子的温度，和现在大山里的温度很相似，凉凉的，有风吹在胳膊上的清爽感。还有呢，那个时候吃得很简单，可那个时候的快乐也很简单。

晚饭后，在昏黄路灯映照的小山路上，我们随意西东地走一走。一个一个山里人家的小院，如同童话里的堡垒，有的家门口是几人环抱的古松树，有的则是挂满果子的核桃树，也有的是低垂着大脸的向日葵。层层叠叠的青瓦，高高低低的房子，转转接接连绵成一个个的小院儿。触摸着山石堆砌的墙体，生出一种古朴之气。微微亮的灯光把童话小院照得隐约飘逸，如同仙境里的小店镶嵌在半山坡。至于邻居之间的空地上，则长满了高高大大的苞谷，玉米棒子长得正好，藏在田里树上的虫子叫得正欢，那种此起彼伏的合唱和呼应，让人感觉到它们才是这里的主人，它们才是最欢快地享受着夏天的清凉。

我们慢慢地走，深深地呼吸着山里的香甜与清凉，长长地舒一口气，朋友伸展着双臂，仰望着远方的大山，喊着："我都不想走了，就在这儿住下来，租一个小院儿，开一家民宿，叫'大山小院'。"是啊，幸亏我们逃离了城市里的繁忙与滚烫，否则现在就躲在空调房里呢，大山里的舒展才是适合人的生活呢。

这个时候，我忽然想起，下午老陈很认真地和我商量："老张，你能不能帮我留意，看看有没有哪一位朋友想买下我这个院子，或者租也行，整个院子一起租。十年，每年租金16万，怎么样？"

我当时惊讶地回过头，看他一脸的坦诚，不像在开玩笑，就问："老陈，那请问，你，你啥打算呢？这么舒服的地方你不待？"

"我啊，院子租出来后，我就去成都市里，我儿子在那工作，买了房子，我要到城里住，那热闹舒服，嘿嘿。"老陈笑着说，黝黑的脸膛上绽放着特有的父辈的骄傲，还有一种对城市生活的向往。

"那，哦，好，好，我帮你问一下哈。"我们当时有很多话想给他说，都忍住了，给他打了个哈哈就过去了。

这个时候，天边的星光在夜幕中难得的闪亮，我在想，若是老陈果真卖了这个院子，或者出租了，他到城市生活，不知道到时候会不会后悔。要知道，这山上的院子，稀缺的不仅仅是山里的清凉，还有那种说不出的舒展与从容，城市里是没有的。

城市里的路已经被晒得泛着沥青味道，还有，城市里的焦灼都在一张张漠然的脸上，山里生活的老陈还不知道。

（二）山上的牧场

听老陈说，他们这座山的山顶上有一座小小的牧场，叫"阿布的若丁山"，开车上山大约二十分钟。

"若丁山？"我听了这个美丽独特的名字，自然以为就是"诺丁山"了，那是一部舒缓的爱情电影，讲的是一个好莱坞女明星到英国拍摄电影，偶遇一位书店老板，在烟火人间，相互呵护，成就了心有所属的浪漫。

主演是朱莉娅·罗伯茨和休·格兰特，两个人的爱情故事，在世俗与内心中纠葛，看的时候会不自然地成为其中的人物，和他们一起在失望与希望中品尝恋爱与失恋的甜蜜与苦涩。电影最后是有情人终成眷属，在草地上相依相偎地看着书……

2020年9月，成都一城桂花飘香，我在咖啡馆翻看张力奋的《牛津笔记》，当时触景生情，在书的扉页上还写了一行字："秋雨渺茫桂花香。"书中写了他在复旦大学读书的时候，所住的宿舍是六号楼，正对着复旦大学校园的干道，"漂亮女生走过，是我们窗前的风景。"

我在他这一句的旁边也写了一句话："我在中国传媒大学的宿舍楼，窗前也有一样的风景。并且，那是一条银杏树掩映的大道，尤其是春天的嫩绿萌发与秋日的一路金黄。漂亮女生走过，有着铃铛般的笑声和风中的长发。"

书中还写道他在牛津大学新学院应邀出席该院毕业生休·格兰特的酒会和演讲，谈到休·格兰特主修英国文学，"他是典型的牛津物种，风流倜傥，头发蓬松，言语嗫嚅，没睡醒的样子。""他演讲时，仍有点像他的戏，慵懒、随性。"鉴于张力奋对休·格兰特的描述，我倒是有了兴趣将他所主演的经典电影一个一个找来看，不得不说，影片中很多的故事，感觉都是休·格兰特的本色出演，戏里尽是人生，人生尽是剧情。

也许是带着这种美好的联想，才对山顶上的若丁山有一种独特的向往。几个人开着车，在一路丛林的山路上爬升，潺潺的山涧水从山上奔流而下，顿觉清凉无比，甚至有停车在山涧边沁润一下冰凉的想法。

山路盘旋，偶尔会看到几户山里的人家，青瓦、小院、绿树、柴垛，在蓝天白云青山的背景中，那逃逸般的沉浸，顿觉有点奢侈，甚至不敢拍照片在朋友圈中炫耀，怕被人生出嫉妒来。路上遇到悠闲啃草的山羊群和黄牛群，你看着它们那天真的眼神，看到它们躺在路边伸展的慵懒，更是不好意思鸣笛了，唯恐惊动了这些大山里的闲散与悠然。

可是，小山羊还好，会自动地到路边的草丛中吃草。憨憨地黄牛则不然，依然是自顾自地甩着尾巴，它们就不知道为什么要让路，路边刚拉的青黑色的一坨坨的牛粪，还是新鲜的。

幸亏早上从树上打下的青梨和青苹果在车上，于是拿出青苹果来，远远地放在牛群的前面，那新鲜的青苹果的香味瞬间就被牛鼻子捕捉到，它们这才移步，低着头，扭动着鼻子，冲青苹果去了，让出了道路我们才能继续上山。

午后的阳光穿过山林大树浓密的树叶，发出青蓝色的光芒，山风清凉，我们忍不住站在山头大树的边上，要拍几张意气风发的照片，不过，无论从什么角度拍摄，都感觉镜头中没有人的风景才是迷人的风景，似乎人类闯进了大自然的风景，反而没有那种震撼的浑然天成。

我们走过乱石铺成的山路，在山蕨菜茂盛的门口，远远望见了青青的牧场和一座座形状各异的小木屋，有尖顶的，有平顶的，有三层楼的，也有两层楼的。小木屋和懒洋洋的黄牛们一样，散落在牧场的角落，点缀在蓝天、雪山、绿地的空间中，犹如电影中北欧的景色。

在网上看关于若丁山攻略的时候，有网友写道：因为十年前的阿布还是个年轻人，在这座山上遇到了他倾心的女孩儿。就如同电影《诺丁山》一样美丽的情节的，女主角希望能够留在这个舒心的地方生活。阿布就扛起木材，在这片牧场上建起了房子，他期望给自己的小公主建一栋童话一样的小木屋，夕阳西下藏在雪山背后的时候，两个人就可以坐在小木屋的走廊下，光着脚，喝着茶，看着天边的月亮或繁星，说着相互之间说不完的情话。

阿布把这座山改名为"若丁山"，寓意：这里也会有"诺丁山"一样美丽深情的故事。

十年过去，别人的青春已经是别人的青春，而阿布的青春变成了牧场的山泉水，牧场的围栏，牧场的小木屋。网友写道："在这遥远的贡嘎雪山下，有栋小木屋。木屋里住着王子，这里的魔法森林到处是精灵，每天清晨，鸟儿在歌唱，蓝天为你做窗，云彩为你画画，夜晚的魔法为你种满了星星，萤火虫为你指路。""在阿布的小木屋，推开窗，就能看到远处的皑皑雪山。山谷中满是鸟儿的欢唱，富含负氧离子的清新空气拂面而来。世界质朴而美好，阿布也乐得在这山里不问尘世，只关心窗外的雪山、门前的牛羊和天上的星辰，日子过得恍如神仙，那里有山、有云、有树依托的5座小木屋，有两匹马和几头牛，还有一只猫一只狗……"

（三）牧场的小马

在若丁山牧场上有一棵树冠巨大的树，我们就搬了椅子坐在树下，山风吹凉，手臂都是凉爽的。远处则是贡嘎雪山，我们坐在这个山头，看着一重一重层叠的山头，就想：这里就是人间仙境吧。

背后竟然想起了"噗嗤噗嗤"马喷鼻子的声音，于是循着声音过去，在一个小木屋里关着两匹小马，当我们在门缝中看它们的时候，它们也凑在门缝往外打量我们呢？

　　当人的脸和小马的脸凑在一起相互看的时候，那该是多么有趣的场景呢？而且，是两匹小马呢，它们两个脑袋上下叠着，挤在门缝中看我们，一个是黑白相间的脑袋，一个黄骠马的脑袋。那四只乌黑贼亮的马眼睛，一点也不胆怯地看着我们，似乎在说："你们赶快打开门啊，我们还没有吃早餐呢。"

　　不一会儿，牧场的管家过来，打开了门锁，黑白相间的奶牛色的小马和伙伴黄骠小马，昂扬欢快地从马圈中走了出来，到了草地上，开始啃青草，吃早餐了。它们低下头吃草的时候，马鬃像帅气的长发，散开，平添了几分迷人的野性。

　　从管家的口中，我们知道那一匹黑白奶牛样子的小马叫拉菲，是一匹公马，调皮活泼，而黄骠小马是一匹母马，是拉菲的伙伴，性格温顺，每天都跟着拉菲东跑西窜，活脱脱是拉菲的小跟班儿。至于拉菲在牧场撒欢的时候，四蹄奔腾，摇头摆尾的抖动自己的鬃毛和长长的尾巴的时候，黄骠小马依然安静地在草地上啃草。

　　由于是矮种马，被养得油光健壮，加上性格友好，成为孩子们最喜欢的牧场宠物。经过短短时间的相处我们就已经发现，这两位帅气的宠物，智商可是非同一般。

小朋友们拿了一袋火腿肠，还没有开袋，估计本来就不打算给拉菲吃，何况他们也不知道一匹马除了吃草，竟然也会吃肉啊。在一群人围着拉菲惊叹它和黄骠马帅气漂亮的时候，拉菲一个不注意就伸出嘴巴，抢去了那袋火腿肠，把小朋友们都吓哭了。不过，他们看到拉菲用嘴巴在地上撕不开袋子，不断地用前蹄蹬，甩头着急的样子，又笑了起来，大声嚷着。

大人们听到孩子们哭了又笑了，还听到他们大叫的声音，就匆忙赶过来，才发现拉菲抢了小朋友的火腿肠，拉菲也在为撕不开火腿肠而苦恼。管家走到拉菲面前，对它说："拉菲，别着急了，先给我，我帮你打开。"

神奇的是，拉菲，一匹马，竟然听得懂人对它讲的话，乖乖地用嘴把火腿肠递给了管家。管家撕开火腿肠，拨开包装袋，拉菲咬着香喷喷的火腿肠，带着黄骠马到树下享用去了。小朋友们则是张大嘴巴围观，他们没有想到的是：两匹吃草的动物，竟然在有滋有味地嚼着火腿肠。

我和朋友为了避开人群，好谈一些公司的业务，三个人点了一壶菊花茶，管家习惯地给我们端来了一碟冰糖，用来泡水喝。管家给我们端茶杯和冰糖的时候，用的是一个木质的圆托盘，放下之后就去招呼别的客人了。

我们三个人就在雪山下的牧场，惬意地谈着业务，吹着山风，喝着菊花茶。拉菲竟然走过来凑热闹，先是低头在我们桌子周边啃草吃，我们当然喜欢它那憨憨的样子，大家就给它拍照。谁知道，它走近桌子的时候，把头直接放在桌子上，然后伸长自己的鼻子，嗅一嗅茶杯。

我们慌忙端起自己的茶杯，还专门和它说："拉菲，这不是你喝的，要知道这菊花茶，还是热的呢。"

拉菲伸长脖子，把头在桌子上嗅了一遍之后，还试图用嘴巴碰一碰茶壶，我们又慌忙把茶壶也抱起来，生怕它把茶壶碰倒了。这个时候，桌子上只剩下一碟冰糖，和那个木托盘。

接下来，就是拉菲让我们既吃惊又欣喜的时候了。它用黝黑的厚厚而又灵活无比的马唇，拱撒冰糖，冰糖洒满了桌子，它开始像收豆子一般，把一颗一颗的冰糖收到自己的嘴中，用牙齿嘎嘣嘎嘣地大口嚼了起来。边吃边晃着自己的鬃毛，似乎从来没有享受过如此的味道。至于洒在地上的冰糖，它的小跟班黄骠马已经及时跟过来，在地上捡漏吃糖了。

我们三个人都被这两匹有心机的小马逗乐了，原来拉菲围着桌子转一圈，"醉翁之意不在酒"，把我们赶走的目的是想来吃糖。从北京来的朋友对拉菲说："拉菲，你这个样子就不对了，你怎么能够把我们的冰糖给吃了呢？"

这个时候，拉菲已经吃完了冰糖，听到朋友似乎是批评它的样子，没想到它竟然生气了，用嘴巴把托盘打翻在地，然后用前蹄踏上去，不断地踢打托盘，像极了小朋友生气的时候用脚跺地。呀，原来马也会生气，而且它生气的表现，竟然是用蹄子破坏东西啊。

我们担心拉菲用力过猛把木托盘踢坏了，就赶紧找了水果把拉菲哄走，才算是捡起了托盘，否则，这家伙是不愿意别人批评它，就要搞破坏了。

拉菲聪明到发现了某种规律，就是小朋友们很喜欢它们，而且小朋友手中才有水果等好吃的，只要跟着小朋友，小朋友就会给它们没有吃过的好吃的，比如苹果，比如香蕉。

中午的时候，一个小朋友把自己带来的苹果和青梨，还有玉米，都喂了两匹小马之后，手上已经空了，可是拉菲才不管，带着自己的小跟班儿，就是紧跟这个小朋友要吃的。

当两匹马把嘴巴伸过来的时候，小朋友无奈地摊摊手，躲开，然后往小木屋的吧台跑。两匹小马就在后面紧追不舍，有点耍无赖欺负小朋友的意思。小朋友被追得有点害怕，就躲进吧台。两匹小马可是地道的小淘气，你敢躲起来，那咱们就敢追进来，才不怕你玩捉迷藏。

当两匹马追进茶吧的时候，屋子空间一下就显得小了。人们本来在茶吧坐着喝茶喝咖啡聊天，这两个家伙闯进来，大家还是吃了一惊呢。正在后厨忙的管家当然熟悉这个阵仗，抄起一个木板子就出来，要揍两匹淘气的宠物。

拉菲和自己的小跟班儿看到管家抄家伙出来了，吓得转头就跑出小木屋，撒开蹄子到牧场上。像犯了错误的小孩子，看到家长拿着棍棒追出来就赶紧逃跑了，不能被揍啊，跑是上策。小木屋里面立即发出一屋子的欢笑声，人们从两匹马的身上看到了自己淘气和调皮的童年。

（四）山顶的秋千

不知道，是不是每个人的梦里都有一架秋千。

至于若丁山的牧场，沿着弯弯曲曲的石板路，延伸到后山顶上，在悠悠的白云与青山连接的地方，阿布竟然搭建了一架秋千。

若是坐在小木屋的茶吧处远远眺望，就能看见那雪山背景的山顶上，隐隐约约有一架简陋的秋千，偶尔还会有游客把欢笑洒在那山顶的秋千上。

那天下午，朋友和我坐在小木屋屋檐下的椅子上，一边喝茶，一边望着远方的群山和白云，三三两两的老牛在我们脚下的牧场啃着草，时不时用鼻子喷两下。微风吹来，有花草的香味儿，还有刚刚被啃的青草汁的香味儿，还有老牛们拉的新鲜牛粪的臭味儿。朋友想抽根烟，缥缈一下，我说："忍一下吧，你闻一闻大自然的味道，在城市里可没有这么新鲜的青草和牛粪哦。"

朋友哈哈一笑，就说："走，咱们到那个山顶看一看。"

我们沿着石板路蜿蜒向上，穿过一片松树林，刚才被管家揍跑的拉菲和它的小跟班儿正在树林中吃草，看到我们路过，拉菲又一次撒开四蹄奔腾，它撒欢奔跑的样子，带起风中的马鬃和长尾，的确很帅。我在想，小马是不是也在给我们一种天性的展示，展示它在牧场中的驰骋与狂野。

到了山顶，是一望无际的绿色的蛮荒一般的半人高的灌木丛，偶尔会有高大的树木，只不过，到底是悬崖还是沟壑，人们是不敢过去的。一条窄窄的小山路，通往秋千处。

我们三个人走到秋千处，不禁张开双臂惊诧，眼前是：远山纵深，一幕雪山，群山相叠，云绕天际。若丁山的牧场只是在一个小小的山顶上，那些小木屋，像小小的积木。

秋千呢？并不高大，只是两根木柱子一根横木搭建框架。两根柱子也就拳头那么粗，树皮都还在上面。为了稳固，每根柱子又都用两根斜着的木棍前后做支撑，防止松动。横木上垂下来两条粗粗的麻绳，麻绳中间系着一条木板。

就是这么简陋的秋千，我们荡起来，秋千还发出咯吱咯吱的声音。最原始的秋千，最开阔的雪山，恐怕再也找不到这么迷人的地方了。

朋友爬上秋千荡起来的时候就嚷着："似乎是飘在图画的半空中，只有仙人才能在这样的地方荡秋千，那么说，我们今天就算是体验了一把成仙的感觉啊。"

我看着朋友得意的样子，就提醒："小心，绳子断了，你就会摔下来，尤其是会不会被甩到山沟里。这个秋千上飞出去，可是一座山到另一座山的距离。"

下山的时候，若丁山的小木屋飘起了蓝色的炊烟，慢慢地升腾，我们踩着石板路，大家商量着什么时候还能再来这片神奇的牧场。

期望不是遥遥无期，期望是每一个四季。

无字的经书

　　唐僧师徒返回时，弥勒佛祖大笑，孙悟空上前问弥勒佛祖笑什么，弥勒佛祖说：他笑唐僧师徒取了无字经，实则是嘲笑唐僧师徒四人跋山涉水来到大雷音寺却不识无字真经。

（一）住院

　　八月底的成都，刚刚经过罕见的持续高温，一两场秋雨过后，总算是气温稍微降下来了。医院里到处都是排队的人，一个闸门一个闸门地主动出示手机的绿码和核酸报告。

　　做手术前要先做心电图，这是医院的流程，老陈和老伴儿老李在女儿的陪同下排队等候。女儿把整理好的缴费单据、检验单据和身份证、住院卡、医保卡等等，整整齐齐地用夹子按照顺序叠夹在一起，放进文件袋子里，反复叮嘱两位老人。

　　有一位商人曾经说过，要开发一种生意，就是陪老人看病。很多老人子女不在身边，看病的程序又复杂烦琐，专人代劳，定制价值，市场下单，想必这也是民众的痛点了。尤其是老年人，在大医院看病的时候，在程序和科技面前显得力不从心。

　　三个人虽然边说边排队，不过都显得有点疲惫，要知道，为了赶医院，早上5点钟他们就从另外一个城市出发。虽说疫情防控当前，外省很多病人都到不了四川，华西医院却依然人群熙攘，不过每个人的脸上多多少少都有一丝焦虑。

　　有人形象地说，疫情前，华西是全国人民的华西，有了疫情，华西就是四川人民的华西了。话说回来，老陈还是幸运的，若是疫情前，他恐怕从诊断到手术，怎么也要排上三五个月的时间，如今半个月就顺利办了入院手续，这也是未曾预料的。

　　排队间隙，老陈听到前后有人聊天，说的是医生检查出来脑瘤，也是这两天的手术。这么一说，大家竟然是病友，同样的毛病，总算是有共同的语言可以交流，算是相互安慰、相互鼓劲儿。那位病友虽然年纪和自己相仿，也是65岁左右，高高的个头，身材匀称，穿着讲究，老伴儿陪着，没有看到他的子女在左右。

顺利做完心电图之后，大家走出来。老陈原计划把行李从车里搬到住院部大楼，然后就办理住院手续，这样就算是踏踏实实等着手术了。女儿小陈说："既然已经走到住院部楼下了，还是先上去看一看床位的情况，然后再搬行李也不迟。您二老先在下面等一下，我上去看一看就下来哈。"

又是一连串的排队、扫码，看24小时核酸，然后挤进8楼的电梯，若是平时，这么多人，小陈一定是很厌烦的。这个时候来不及想这些，一门心思就是如何让老人家顺利的入院。

8楼门口有护士和保安专门守着，进进出出要刷卡，一会儿就能看到刚做完手术被推出来的病人，还有被搀扶出来头戴绷带的有气无力的病人。门口的护士不断地和要住院的病人及家属强调："请看门上贴的提示，需要带的东西：被子、换洗衣服、洗漱用品……"

"还有四个床位，现在正在排队，若是今天住不上的话，就看下午有没有床位，若是到下午入住的话，手术就会往后延迟……"护士在和其中一位病人说话。小陈听了这句话，陡然一惊，床位紧张，必须马上办理，否则可能随时没有床位，手术延期。

小陈赶紧等电梯，挤进去，到了1楼，招呼父母到8楼办手续。再陪同他们到8楼，对接交代清楚之后，自己再下楼到车库去搬行李。

在医院的地下车库中，小陈倚靠着柱子缓一缓，稍微闭一下眼睛，口罩下的鼻子长长呼出一口气，来回快速地挤来挤去，已经是出汗了，最主要的是紧绷的那根弦是不敢放松的。一边缓气，一边暗自庆幸，幸亏自己刚才果断决定上楼先看一下床位，否则，说不定连床位都抢不到。

别缓了，还要搬东西上楼，人到中年就是这样子，撑着呗。打开车的后备箱，满满的都是这次住院要用的东西：两个大行李箱，盆、杯、水壶……都要带上，其中一个行李箱有点年头了，不太好拉，老母亲就是舍不得换，费力不费力也不考虑，就是节俭。

挎一个黑色的单肩包，背一个红色的双肩包，拉一个紫色的行李箱，拖一个灰色行李箱，两只手都占满了，颇有八臂哪吒的自嘲感。到了住院楼的门口又是一连串扫码，亮码，过闸机。挤进电梯，电梯中的病人和家属、护士都是忙忙碌碌的状态。

护士说的很明确，病人和陪护入住之后就是封闭状态，家属除了今天之内送物品，就不能进入探望了，然后就是手术前的医生谈话和家属签字。按照住院的标准准备物资，还要根据父母的具体需求准备物资。哦，还缺老妈的枕头、老爸要吃的水果，最好是当即就在医院门口的水果店买了。

医院周边的水果店都是配套的，病人所需的应有尽有，买了枕头、苹果（老妈喜欢吃脆的苹果）、小香蕉（老爸喜欢吃小香蕉，有通便的功效），提上去，又是看到不断地有护工推着病人进进出出，小陈不禁感慨，在医院就要好好听医生护士的，这层楼病人的病都是要命的。

打过电话后，老陈过来取水果和枕头。住院部的门打开，老陈在里面，小陈在外面，水果和枕头递过去，老陈接过去。

老陈笑着冲小陈击掌，说："放心吧。"

小陈也和老陈击掌，笑着说："加油！"

然后门就关上了，总算是住院了，这个半天手续终于办完了。父母都在里面了，小陈站在门口怔了一下，转身离开，轻松的同时，担心的情绪一下子涌上来。

小陈自己木木地上了电梯，下楼，走在华西的院区中，朝车库走去，紧绷的力气泄下来了，也不知怎么的，突然感觉到自己很弱小，很无力，眼泪竟然开始在眼眶中打转转。

小陈知道，对老陈来说，对自己这个小家来说，这是一个关口。

（二）木船

小陈走出医院，凉凉的风吹来，她突然意识到，成都的秋天来了。

　　自己在成都上的大学，对这个城市的季节和街道很是熟悉，甚至芳草街的良木缘咖啡的味道都是熟悉的。成都这座城市的四季还算分明，最舒服的时候恐怕是夏秋之交，黄桷兰还开在树上，金灿灿的桂花已经星星点点洒满绿葱葱的树冠，一阵风来，沁润得人的心肺都是舒畅的。

　　那思绪一下子就飘荡到了童年。想起父亲还是壮年的时候，在老家的山山水水中奔波，他和那些叔叔们在水库修电路的时候，经常会把自己带在身边。

　　有时候，小陈就在湖边一棵遮阴的大树下的船上玩耍。那棵大树至今都是印象深刻，从岸上斜出的树干，粗壮地长在岸边，而整个大树的树冠给湖面打了一片荫凉，那一叶木船就停泊在树下面。小女孩儿会安安静静地看着天，透过树枝树叶的缝隙泻下来的阳光落在绿色的湖面上，泛成了波光，一闪一闪。最有趣的是树上开的花，洒洒落落，在船上，穿着白裙子的小女孩，还有船上的小白花，在绿色的大树下、绿色的湖面上，现在想来也是一幅迷人的画。

　　有时候，她看书困了，会在树下的小船上打个盹儿，等着爸爸带着新鲜的大鱼回来。小陈不知道那是什么树，也不知道那是什么花，她觉得那是最美丽的树最美丽的花。

或许是童年的美好让小陈养成了一种习惯，就是喜欢在树下喝茶，静坐，吹风，尤其是夏秋之际，若是休假，就一定会找一株大树下，让老板摆上桌子和椅子，点上一杯茶，安安静静地看树叶和花朵零零星星地随风从枝头飘落……

　　老陈高高大大的样子，加上为人豪气，又是队伍的领导，所以兄弟们也愿意跟着他干活。忙完后，他们就从湖里打上几条湖鱼，个个鲜活，都是十来斤重的。有的鱼头做汤，有的鱼头用当地百姓的剁椒上锅蒸，就是最美味的剁椒鱼头。老陈总是怜爱地给自己的小女儿夹上最嫩的鱼肉，舀上最鲜的鱼汤。以至于，长大以后，这些美味的记忆，养成了小陈总是喜欢喝鲜美的鱼汤、吃本地剁椒鱼头的偏好。小陈经常想，这些美好的童年记忆，都是父亲的宠爱和陪伴。

　　要知道，老陈就有这么一个女儿，在当地人的世俗观念中，还有点重男轻女。这方面，老陈很是开明，几乎把自己的女儿当成男孩子来养，不仅教她拳脚功夫，还带着她走夜路练胆子，甚至专门在夜里到坟地里看磷火。所谓严父慈母，老陈这份对女儿的疼爱也是很有意思了，小陈后来每每想自己面对生活的苦的时候都能咬咬牙挺过去，不得不说，那是父亲早年的教育起了作用。

　　说起老陈，在三里五村的小城中是个人物。他在这一片乡土中，从小生在大户人家，少年时却家道中落，加上父亲不幸早亡，两位姐姐也相继出嫁，少小就与母亲相依为命。正如古文中所说"茕茕孑立，形影相吊"。也正是这样的成长环境和经历，老陈长大后倔强刚硬，争气果敢，当然也仗义大气，喜欢结交朋友。

岁月不饶人，加上脑瘤压迫神经的影响，老陈受疾病困扰多年，已经一只眼睛失明，偶尔还会头疼，终究不比当年英武，可是仍然是一家人的核心。如今，一辈子高高大大的人，一家人的顶梁柱，也是女儿的依靠，大病关口，进了手术室，小陈那一刹那的脆弱，存了十二分的担心。

老陈以往经常说，等到天气好的时候，一家人，整一条木船，去湖上钓鱼，"鲜鱼头，做汤，是幺女最喜欢的……"

小陈暗暗祈祷，其实不用那么忙活去钓鱼，一家人平平安安的，在湖边树下的木船上坐一坐，吹吹秋天的凉风，看花瓣随风而落，就知足了。

（三）手术

住院之后就是手术，手术之前呢，是医生与家属和病人的谈话。

就算是疫情防控期间，华西的医生们也是忙得不可开交，不可能一对一的谈话，医生把8楼要做手术的病人和家属喊到一起来"上大课"，医生拿出病人们头部拍的片，一边展示一边分析，老陈的脑瘤已经长成了乒乓球大小的圆形球状，还算规则，老陈才明白自己的很多毛病都是这个脑瘤挤压了脑部神经所致。老陈病友的脑瘤长的是不规则的，已经像树枝发叉一样，正在四处钻渗，后果不堪设想；还有一位年轻人更严重，脑瘤已经影响大部分机能，即便是做了手术，也有可能丧失部分机能。

至于说用什么样的方式呢？老陈的脑瘤，需要从鼻腔中伸入进行手术，那个难度难以想象；至于其他的几位病友，是需要开颅手术的，就是把脑壳打开，处理之后再把脑壳缝上。小陈听着，想起三国时华佗要给曹操做手术的方式，不就是把脑壳打开嘛，但是，看着大脑中的花花绿绿，华佗恐怕也是无从下手。

医生说找病人和家属们谈，就是要谈医疗方案和风险问题。那位和老陈年龄相仿的病友就问："开颅手术这么大的风险，能不能不做手术，采取保守治疗的方式，吃吃药，打打针，行不行？"医生也很直接地说："做手术的确有很大的风险，大家都以为现在科技很先进，我们都上月球、上火星了，还有无人驾驶。但是，最精密的大脑谁也造不出来，要知道，我们这手术就是在人类最精密的大脑里做，风险当然高得很。不过呢，如果不做，结果也很明确，就是等死，只有这一个结果。"

老陈也是多少有点害怕，心里一直在打鼓，医生都说了他的治疗方案也是有风险的，不怕一万就怕万一，何况，医生也不能保证手术绝对成功，做不到万无一失。老伴儿在旁边给他整了一句，反而让他们一家人觉得就是这个道理："人这辈子，到世上走一遭，咋会没有风险呢，关键看你自己生命力了。做吧，再说，这已经是最好的医院最好的医生了。"

那位病友紧张得六神无主，坐立不安，一会儿站，一会儿坐，最后打了几个电话，最终还是决定做手术。至于那个较为严重的年轻人，也决定做手术，因为没有选择，只能这样。

医生还说，像老陈的这个手术，难度高，耗时长，估计手术时间要4到6个小时；而且即便是顺利做完手术，只是第一步，还要有5天的观察，是危险期，不要以为像做其他手术一样，做完手术就是大功告成，起身走人了。

不过，医生也谈到了老陈一只眼睛失明，另一只眼睛视力也在下降，源自于脑瘤对视神经的压迫，若是手术成功，是有利于那只视力下降的眼睛恢复视力，至于已经失明的那只眼睛，就好比石头下的一棵小草，若是压的时间短，还能复苏，若是时间太长了，那小草也就长不起来了。

　　至于手术从颅内取出这么大一个脑瘤，被腾出的空间不能空着呀，要从身体的其他部位取一块儿大小相等的组织填充到颅内，并且要保持静养的状态下实现自然融合，这是第二步。过了5天危险观察期，若是伤口没有流血，在身体状态相对平稳的情况下就要转院治疗，因为华西的床位和资源很紧张。

　　在转院阶段还是要高度关注从鼻腔到颅内的连接，要防止脑脊液流出等风险，最后静养半个月到一定阶段，还要到华西拆线，那又是一个手术。

　　经历了一辈子风风雨雨、大风大浪的老陈，以往生病也做过手术，却从未像这次这么紧张过，他努力不去想太多的东西，想让自己的思绪安静下来，又忍不住去考虑太多的东西，会不会有风险？风险是什么样子？自己手术醒来还能不能认识家里的人呢？有一次，他和自己的外孙讲："姥爷就是担心，手术完了，还能不能认识自己的乖孙儿呢。"

　　手术前的那两天他对小陈说："要是……幺女，你记住，要对你妈好啊。"小陈都不知道怎么接他的这句话，自己的眼睛却红了。

　　作为家中掌管财务的，平时银行的密码只有他自己知道，这回，老陈对老伴儿说："银行账户的密码是……"

大半辈子都在一起的老伴儿宽慰他说："放心吧，你呀，手术做完，等你醒来，身体好了，你估计第一件事是去银行改密码。"

（四）静养

老陈做手术的那天，小陈还在岗位上值班，孩子正好开学。小陈就给单位请了假，办理了孩子的报到之后，带着孩子奔到医院，陪着老妈，守着手术室。

在手术室外面，一位朋友给她推荐了乔布斯关于生命感悟的一段视频，视频中，乔布斯说："我在商界达到了成功的巅峰，在别人眼里。然而，在工作之外，我几乎没有什么乐趣，说到一个习以为常的事实，此时此刻，我躺在病床上，回忆我的一生：我才意识到，所有我引以为豪的荣耀和财富，在即将到来的死亡面前，显得如此苍白，毫无意义。在黑暗中，我看着维持我生命的机器冒着绿光，听着机器运转嗡嗡作响，我似乎感觉到死神的气息越来越近。现在我明白了，当我们积累了足以维持一生的财富后，就应该追求其他与财富无关的一些更重要的东西，或许是一段情侣关系，或许是艺术，也可以是儿时的梦想。无休止的追求财富，只会将人扭曲成怪物，就像我一样，上帝赐予了我们感官意识，是让我们感受到每个人心中的爱，我一生所赚取的财富，生不带来，死不带去，我所能带走的只有爱情与情感，所沉淀下来的回忆，这才是真正的财富。她会一直伴随着你，给予你力量，爱可以行千里，人生没有极限，去你想去的地方，到达你想去的高峰。这一切都在你心中，你手中。世界上最贵的床是什么床？病床。你可以雇人帮你开车，为你赚钱，但永远不能帮你分担疾病的痛苦。实物的东西可以找回，但有一样东西，失去了永远无法找回，那就是生命。当人进入手术室，也会意识到还有本书没读完，关于健康生活的书，无论你的人生处于哪个阶段，你都可能面对人生的落幕，请珍惜对家人的爱，珍惜爱情，珍惜友情，善待自己，珍惜他人。"

这一段视频，小陈反复看了好几遍，又转发给几位要好的朋友，心里有很多的话给朋友们说，尤其是这一段时间的感悟，算是与乔布斯有了共鸣，或者说，乔布斯都已经替自己说了。日常的生活和工作中，人们所追逐的名和利，风光与地位，在病床前，在"冒着绿光的机器"面前一文不值，"关于健康生活"的书和"珍惜"的书，才是每个人每天都需要坚持必读的。

老陈进手术室的时间是11点，下午4点的时候手术室的门打开了，医生轻轻地说："手术很顺利。"坐了四五个小时的一家人才算长长地舒了一口气，小陈总算是把悬着的心放下了。

老陈刚刚做完手术，成都疫情防控形势陡然严峻，各个城区都在传言要封城，全成都的市民都在抢菜，各大超市和菜市场行情火爆。没过几天，成都果然实行全城静默管理。

老陈就由护工和老伴照料，小陈则回到单位继续工作，一家人只好打电话沟通。

电话中好消息不断传来，比如，老陈已经能够清晰地说话了；比如，老陈的视力恢复了很多，竟然能清晰地看手机了。只是，老陈每天都要打一些止疼药才能正常休息和饮食。

老陈进入了静养阶段，人一旦安静下来，就会思来想去，有时候，老伴儿在旁边看电视剧，老陈自己就躺在病床上，反正也动弹不得，看着医院白色的天花板，想想过去的人过去事，现在的人现在的事。

手术虽然顺利，回想起来，自己也是走了一趟鬼门关啊，人情冷暖，世事淡泊，有苦也有甜，有泪水也有欢笑，有窘迫也有昂扬，面子也在意过，排场也讲究过，名利也追逐过，恩怨也放下过，咋说呢？活过，拼过，熬过，看过，人就这一辈子，来到这人世间，转了一圈，可是，这些对于一个走过鬼门关的人算什么呢？生死为大，谁不留恋这有趣的烟火人间呢？大城市还是小乡村，各有各的美好啊。

那么，有什么经验，有什么教训呢？有什么收获，有什么感悟呢？老陈觉得挺多的，比如，自己脾气大，容易情绪化，也多多少少影响了自己的健康。甚至说，有很多的弯路其实可以不走，不过呢，嗨，走过了，走了就走了，没啥后悔的，走过的路，都是经验，终究是你人生的路嘛，不然，怎么看得到不一样的风景呢？

当老陈可以很清晰地给小陈打电话的时候，他就把自己的感悟慢慢地说："人生一场大病，就能想透彻很多的东西，医院才是生命的学校。这就跟《西游记》中唐三藏师徒西天取经差不多，九九八十一难呐，妖魔鬼怪、坎坷坦途，人一辈子都要经过。至于能不能取到真经？不知道。反正每个人都要经历取经的艰难险阻，取到了，那就是唐僧师徒从西天取得无字经书。这无字经书上写的啥？不知道，每个人的肯定不一样，有的人明白，有的人不明白。不过，这无字经书是老天给每个人的啊。"

小陈听了老爸在病床感悟的无字经书，正好近日里看了许倬云先生的新书《往里走，安顿自己》，也谈到了《西游记》中师徒经历的取经，书中写道："路上他们经历了'八十一难'的艰难险阻，其实每个'难'都是内心需要面对的困难，是幻觉、幻象、企图、野心和欲望，而非现实中的真正困难。"

小陈心想，每个人都要经历很多，生命、生活本身就是一本意义丰富的无字经书吧，经历了才会知道。

是不是老陈这顿感悟也相当于帮助孩子们掀开了一本无字经书？

人间物"用"，当下安然

天气转凉，水街的桂花树依然冒出乳白色或丹红色米粒般的花朵，这是今秋第三拨桂花季，也是最后一拨了。走过树下的时候，飘出淡淡的桂花香味，已经没有原来那么浓郁，不过，淡淡的有淡淡的好。

要整理衣柜了，夏衫收起，秋冬的衣物也一一拿出，尤其是冬装上多少还有些微尘，秋装早已经穿上了身，何况，到轻安茶舍或者散花书院，现在都已经不再点冷饮，一般都是红茶暖胃，或者热的卡布奇诺，暖暖地捧在手里，那温度，能从手掌传到心里，犹如暖流一般，就像握住恋人的手，让你心安。

成都这个秋天的气温越来越像北方的故乡了，凉的时候都不打招呼的，虽没有北方的大风凛冽，可也是薄被子半夜会把你冻醒，换上厚被子才算睡得踏实。

至于乡间的小路上，偶然看到的是硕大的柚子，肥敦敦地坠在枝头，路边卖柚子的老乡常常是把柚子摘下来，码成小山，小小的摊点儿看上去总是很壮观。

北方常见的柿子在蜀地竟然也是很常见，一树红彤彤的柿子，瞬间能够让我有了思乡的笑颜，想起童年站在挂满犹如红灯笼的柿子树下，吞着口水的惦念。若说是岁月流连，不免有一些伤感，何况这也没有几年，离开北方老家，蜀地已经是新的家乡，或许是人们天生的安土重迁，微小的触动便掀开了思乡的泉：

满树的柿子在山间的小院，

一颗柿子点缀一个华年，

怕鸟儿啄了，怕松鼠偷去，

红彤彤的挂满，便是随喜，

谁说秋叶满院落，

故园已忘记？

千里万里路途，

去寻秋满山，

荷塘已霜寒。

我在整理衣柜的时候，有些衣裤藏在衣柜的深处，拉出来的时候鲜亮依然，目测已是衣瘦不堪，微微一笑，当年买的时候也没有想到今日已经是不能穿，并且也没有幻想自己会瘦下去，能再穿一番，可还是舍不得扔，怪不得大家都说是断舍离。

拉开一个盒子，里面赫然是某品牌的领带，蓝色带着花纹，黑色带着暗纹，不是市场上常规款型，而是微窄的清爽款，崭新地躺在那儿，甚至连包装都没有拆。

啊哦，这是？啥时候的呢？

思绪梳理，应该要从2006年说起吧。那个时候刚刚参加工作，学校公派去香港参加学术会议，为了显得更正式，就在香港买了一条这个品牌的领带，在当时，对于刚刚参加工作的我，些许薪水，已经算是价格不菲。配上白色的衬衫，这条领带在少年的朝气中显得英气赫然。

当然是喜欢得不得了，可是总觉得一条领带，要爱惜着戴，最好是能够有替换的，可是总也找不到这个品牌和款型，偶尔逛一逛中关村附近的商场，也找不到这款心仪的领带。

一次，记得好朋友要去相亲，当时正是北京银杏树开始泛黄的时候，老街的秋阳微微有点儿燥，这恰恰是北京城最迷人的季节。三五个年轻人，舒服地在胡同中漫无目的地走，踩着地上的落叶，仰头的间歇会看到秋阳在额前发梢上闪光。

我提醒他，平时过于休闲，他已习惯了穿登山的运动服到处晃荡。在我的建议下，就陪着他去了西单的商场，逛一些正装店，买了几件衬衫和西裤，试穿之后当然精神不少，正所谓"人配衣裳马配鞍"嘛。

我呢，陪着兄弟逛的时候却有了意外的收获，"踏破铁鞋无觅处"啊，竟然找到了那款喜欢的领带，而且竟然还在打折，力度还挺大。于是就放肆地对自己"豪爽"了一把，印象中买了好几条。其中的一两条也的确是经常戴，其他的呢，就先完好地存在了箱子中。

后来，离开北京到成都，搬家的时候，书、衣服，简单的家当，装箱、打包，也没有多少，就又在成都的家中放下了。似乎，新的城市新的生活开始，而原有的物件儿们就躲藏在了某个角落，沉睡了。

如今整理衣柜，看到这多年前喜欢的衣物，似乎是遇见了故人，眼熟地打着招呼，只能是说许久未见。可是我的内心却没有擦肩而过的平静，反而给了我一点点启示，让我反复地起了思绪。

那就是，冒出了一个类似于哲思的问题："人，生活，是不是应该更简单。"

人，其实，真的是，很简单的存在，一日三餐，日落而梦，晨起一天，在无垠的宇宙洪荒里，我们犹如微乎其微的尘埃一般。可是，现实生活中，我们却把自己用物欲和占有填充至满，不允许自己有一点点的闲散。

人们的这种习惯也逐渐地扩展，身外之物逐渐占据了我们的空间与心间，那生活的重心早已经偏离了自我的观照，更多的是看重他人的评判，是好是坏，是喜是悲，都已经被他人所牵绊，简单的生活的洒脱早已经消失弥远。似乎，他人在定义我们的生活，我们无论怎么做，都能听到别人的语言，从未间断，即便我们知道，他人的生活和我们的生活，相差的距离犹如光年。

可我们就是这么的奇怪，于是，存了近十年的衣物，从未用过，仅仅是满足了占有的欲念，对于生命的成长来说，又有什么关联呢？

这么说来，是不是和生活中大多数事物一样，我们只是抓住却没有真正的抓住，感情、生活或工作都是如此，没有实质的在投入，在"用"，只是占有了一段时间，你已经不是昨日的你，而时光里的我也不是我昨日的我。

好物件，没有用，就没有相伴，没有相伴，又何谈在我们的生命中出现？何况人生苦短，"譬如朝露，去日苦多"，能相伴的好物件才是真正的缘，过好每一个当下，不去明日奢望，不去过往埋怨，当下安然，当下即可欢欣。

如今要降温了，秋天的外套尽可以穿着，披着，甚至是系在脖子上，系在腰间，吊儿郎当的样子，怎么随意怎么来。物尽其"用"，人生过得简单。

文庙街口的"无尽"面馆儿

　　雪山下的都江堰，秋天的时候，黄叶散落在老街上，适合慢慢地走。

　　都江堰有一条老街，叫文庙街，文庙街的街口有一片古建筑群，红色的围墙，青色的瓦，在几株参天大树的呵护下，安安静静的，像个老文人一样沉默，却又很有韵味。

　　文庙的对面有一个小馆子，黄昏的时候，灯亮出温暖的光，低矮的屋檐就藏在街口，不起眼的样子，进屋需要低着头。这样一个砖木结构的老屋，如同熟悉的老街坊，在老街口把人守望。

　　店门口挂着"无尽"面馆的招牌，还有几道经典的面的图片：牛肉面、竹笋面、炖鸡面、素椒面、兔丝面，当然，还有几种味道的米线。我沿着老街，本想在南街的山脚处落落脚，喝一杯盖碗茶，敲上几行字。黄昏的微凉提醒我，是该吃晚饭的时候了，遇到这暖暖的小店，就抬脚进来了。

"无尽"二字是用繁体字的书法写的，一个小面馆，不叫"老张"，也不叫"老李"，更没有写地名与出处，是"陕西"面馆还是"兰州"面馆，都不重要，"无尽"面馆的名字着实会让人琢磨一番。在两排老梧桐掩映的老街上，傍晚的街巷伸向远方，似乎无尽又无言。

长长的木板桌在落地的玻璃窗前，而落地的玻璃窗的对面正是文庙街，文庙街的那边正是文文气气的文庙，红色的建筑后面则是青色的山。文庙就坐落在这青色的山和青色的水中间，山水汇翠，树叶飘飞。

我坐在高高的木凳子上，看着对面的青山，对面的文庙，对面五彩斑斓的梧桐树，偶尔有车辆从文庙街走过，不慢不急，偶尔有小孩子拉着彩色的气球走过，平添了几分趣味。

我在这个秋天的下午刚刚完成了一部分紧赶慢赶的业务，方得喘口气，沿着老街，穿行在发黄树叶的大树下，寻了这家小馆儿，坐下来，漫无目的地舒缓，随意地把来来往往映入眼帘，什么也不想做，就这样在老街屋檐下的窗前，感觉不到人世间流淌的时间。

给自己的茶杯添水的时候，看到后院的房顶上层层叠叠的青瓦被树叶覆盖，那些旧色沾染，尽是时光的荏苒，总能唤起内心深处的柔软，是不是秋天要把那些世俗的追逐放缓，告诉我们的心田，依然需要独处的空间，需要这样一家小面馆在黄昏时分把你陪伴。

后院缓步走来一只肥得圆圆滚滚的黑猫，它的身上可没有什么威严：黑的颜色，亮的眼睛，圆圆的脑袋，却是白色的胡子，白色的眼睫毛，白色四只猫爪，黑如碳，白如雪，圆圆的眼睛那么坦诚地看着你，能把你看化了。我蹲下来，它迈步过来蹭啊蹭，简直萌得是一塌糊涂。

小店这样的摆设，这样的选址，这样的街角位置，总觉得有点不一般。当我问起：小店原来就是这个样子么？难道是开了很多年？

老板娘有着都江堰人独有的俏，笑了一下说："疫情前，这个店很文艺，很多人来探店，咖啡茶点，很适合聊天。现在呢，都不容易，改成面馆，也是生意。"

"尤其是你喜欢坐的位置啊，原来有很多人就喜欢提前预订了，一坐就是一个下午，他们说喜欢安安静静地看对面的山，喜欢安安静静地看阳光从梧桐树的树叶中漏下来。"

老板娘的一番话，我似乎想起了，面馆儿本就是一家咖啡馆儿，时运不济的时候也要谋生存，只是名字并没有改，想必当初叫"无尽"，当是有一种山水田园、闲云野鹤的心境，在山水灵气的都江堰，在文庙的对面，有老街梧桐秋色相伴，岁月翩然，故人不变，这"无尽"便是独有的美好心愿。

　　想必，当初叫"无尽"，当是受了苏东坡《前赤壁赋》的感化，与朋友在山水之间安安静静地看翠色的山和古旧的城，眼前桌子上的茶水最是清冽，来自眼睛可见的雪山，围炉烹茶，满怀冬暖。

　　苏学士笔下的"无尽"，给后世的通透和欢欣，那要看你是否读得懂，悟得透，"且夫天地之间，物各有主，苟非吾之所有，虽一毫而莫取。惟江上之清风，与山间之明月，耳得之而为声，目遇之而成色，取之无禁，用之不竭，是造物者之无尽藏也，而吾与子之所共适。"能不能把这凡间化成仙境，来到"无尽"面馆，要看个人的造化了。

　　老板娘说着就端来一碗热腾腾的竹荪炖鸡面，刚撒了翠绿的葱花，放上一双筷子，香味立刻散开了，那种竹荪材质的清香味，是独有的山野味道，不加修饰，把一碗面衬托得如同山珍海味一般。简简单单，恰恰是最不平凡，人们啊，总是把平凡折腾成不平凡，好像来证明自己的存在感，不知道是愚蠢还是浅显。

　　我用筷子慢慢挑起面条，吹两口气，安心地感受竹荪的味道，依然看着窗外的梧桐落叶，看着窗外穿着秋装的人们，他们不知道，坐在窗内吃面的人，是多么羡慕他们能够每天从这大树下经过，从这老街走过，从这家面馆走过。

柴火自有一脉香

这年头儿，春节期间，对每一个人或者一家人来说，最发愁的一个问题就是下一顿饭吃什么？

过年这段时间，家家户户，传统的年夜饭都是拿手的好饭菜，窗外是璀璨的烟火，客厅里一桌子的盘碗，一桌子的美味。

好日子滋润着人们，觉得春节期间的宴席简直就是负担。很多人嚷嚷着吃腻了，想吃点清淡的，我记得有一天晚上，拔了一颗院子中的白菜，洗干净，直接用手撕扯了两下，清水下锅煮，端上桌。闻到菜蔬的清香，孩子竟然爬到椅子上，拿着筷子和我抢着吃光了这份"老爸的厨艺"。

那么，有意思的是，如果要问，春节期间吃得最让人牵牵挂念的是哪一顿饭，恐怕是想不起来了。而我，却念念不忘春节期间村子里的一顿饭——柴火烧出的地锅鸭。

每次我都会跟家里人说："什么时候咱们再去吃一次那家的地锅鸭吧。"我甚至想，下一次，北京的老朋友们来，我一定要带着他们大开眼界，哪怕是开车一个半小时，也要去吃那家地锅鸭。

或许有人会纳闷，这家的地锅鸭有那么迷人好吃么？值得这样的惦记和回味。我想，先不要来回答，应该先翻一翻林清玄的散文集《白雪少年》中的一篇小文"娘子坑的午宴"，也是谈"吃"。

文中写道，亲戚本来是请林清玄去距离城市较远的山上一个叫娘子坑的地方吃饭，林清玄觉得挺远，最初心里不大乐意去。就问了亲戚，请的客人的情况和请客的地方是什么样子。

大概亲戚是了解林清玄对山野生活的向往，就说："他们在娘子坑请客，是在山上，种满了茶叶。"听到"娘子坑"这个地名，又有茶叶，林清玄就有几分心动了。久住在城市中的他很是喜欢山野的气息与茶山的味道。亲戚给他说："他们请客的猪是自己养的，鸡鸭是自己宰的，蔬菜是自己种的，连烧菜的木柴都是山上砍来的。"文中写道："当亲戚说到娘子坑请客的菜式时，我已经铁定要去了。"林清玄欣然前往，不仅饱餐了一顿，还品尝了主人家从地里刨出的老酒和新摘的春茶。

当我读到这一段的时候，不禁感叹：林清玄太懂生活了，乡土中生长出的菜蔬、茶叶，自家养的家禽做出的饭菜，吃起来才是最本真的味道。

当人们对城市过于依赖的时候，生活中最本真的味道也在远去，因为城市生活的效率，容不下乡土慢慢成长的气息，甚至那一点点的乡土气息和田野风味都变成了一种奢侈和诗意，比如，在吴晓波笔下，恐怕不是人人都能实现的经历。

他在新书《人间杭州》里写道：在西湖边的宝石山上，冬日里，山林清脆，寒风凛冽，"每到冬日下雪，我们就捧着一堆番薯和无烟炭去吃烧烤。番薯的香气、翻飞的雪花与山间的寒风交集在一起，宛如回到了没有电气的时代，如果再喝上几口带着生姜丝的温热的黄酒，聊的话题就更加的云缠雾绕了。下山的时候，寒月披身，脚下踏雪的声音滋滋作响。"

冬雪飘飞，竹林寒冽，围着炭火，烤着番薯，喝上几口温热的花雕，就连古人也要惊羡一番，"淡出淡入烟尘，些些许许禅意"。何况，浑身暖热之后，趁着酒意，顶着寒月，踩着厚雪，嘎吱嘎吱地下山而去，把最朴素的山民生活幻化为一种现代人的飘逸。

我读到《人间杭州》这一段文字的时候，似乎西湖飘雪已经寒气扑面，竹绿山白，烤焦了的番薯散发出的香味从书里溜出来，似乎，我也想去捧着这个烫手的烤熟的番薯。

　　而我，春节期间，偶然在一个农家小院中吃的地锅鸭，若从山野气息来说，一点也不亚于吴晓波的西湖飘雪和林清玄的山上宴席。

　　今年春节，四川的乡下也冰冻寒气，在山村院子生活的时候总要到周边转转，邻居家的果园里散养的大公鸡、大白鹅和成群的鸭子自由自在地觅食，看到有陌生人来就会肆无忌惮地大叫起来。至于本地的猫猫狗狗更是家家户户都有，碰到几只村狗合伙欺负一只猫咪的时候，我还会带着孩子一起帮助猫咪，把那群大大小小的狗赶得四散逃走。

　　有一次晚上回来，沿着山村的乡道，路两边都是幽深的柑橘林和竹林，偶尔几户人家亮着灯，安安静静的，才觉得夜晚就应该是黑的颜色和安静的声音，而不是城市里的霓虹灯和车来车往。

　　路边闪出来一只黑白相间的奶牛一样颜色的猫咪，友好地冲我们叫了几声，温柔地"喵喵"对话，既然很亲近人，那一定不是野猫，于是就轻轻地唤它做"猫咪"，它果然就蹭了过来。可能是担心路上的狗狗帮派的欺负，"猫咪"竟然一路跟随我们走到了家中。到了家，熊孩子觉得"猫咪"可能是饿了，于是拿出水饺给它吃，果然，"猫咪"趴在地上，毫不客气地"喵呜喵呜"地吃起来，顺带还舔了两口水。

一顿酒足饭饱，"猫咪"在院子中和我们玩耍了一会，在脚边蹭来蹭去，当我们问它"要不要送你回去呢？""猫咪"迈着猫步，走到大门口。看来，它完全能够听懂人话，我就推着电瓶车，跟随它重新回到来时的乡村小路。

夜色里，"猫咪"走在路边，我缓缓地骑车在路中间，乡村小路在树林中间伸向远方，一人一猫，就在路上走走停停，偶尔聊两句，尤其是它很警觉地通过那群狗狗经常出没的地方。到了一户人家的地方，"猫咪"停下来，拐进去，回头望望，我也就打个招呼说："回家了哈，我也回去了。"

早上的时候，我带着孩子在乡间小路上溜达，路两边要么是干涸的池塘，人路过的时候，荒草中偶尔飞出一群野鸭子；要么是绿油油的油菜地，春天的时候变成金黄色的油菜花田；要么是小树林，满是高高低低、粗粗细细的树，枯叶满地，杂草丛生。

小时候的冬天，家乡在黄河岸边，放学的我和村里的玩伴儿都是有任务的，都要顺带从放学路上捡一些柴火回家，也就是干的树枝、灌木。一小捆也好，一两根棍棍也好，反正家里的土灶台烧的都是柴火，烧煤是奢侈的，何况也没有现在的天然气。要知道，当大家都在捡柴的时候，柴火是很少的，以至于我经常盯着路边的大树，甚至踹两脚，看会不会落下来干柴。

现在，走在山村的小路上，竟然发现小树林中太多的柴火，尤其是像发现海盗丢下的宝贝一样，能看到已经干枯的树干。外公外婆担心村里的狗狗们会欺负孩子，就给熊孩子一根结实的棍子，那就是"打狗棒"了。熊孩子一路上耍着棍子，像孙猴子一样，东敲敲，西打打。我给他做了几下示范，他就学会了识别树上垂下的干树枝，并用他的打狗棒敲下来些干柴。

对于干枯的树桩，经过风吹雨打，能看出已经朽了的迹象，树干上还有众多的洞眼，那是啄木鸟啄虫子的见证。熊孩子试着推一推，晃两下，就能轻松地把树桩推倒，有时候，小朋友一脚就能将树桩踹断。这功夫可不是少林小子的真功夫，而是识别朽木的功夫。

当我们把这些干枯的柴火抱到农家小院的时候，老板就说晚上要做地锅鸭。鸭子呢是他们家池塘里自己养的，蔬菜配料是自己田里种的，花椒是自家树上摘的，就连炒菜的豆瓣酱都是自家晒制的。

对孩子来说，最新奇的就属老板生火做饭的样子。土灶台是泥巴和砖头做的，要在地锅中生火，就要用干树叶点火，小树枝引火，后续才是大的干柴。要知道，城市中的孩子很少有烧地锅的体验，于是熊孩子就蹲在一旁，老老实实看着人家砍柴、生火、做饭。

我也在旁边陪着，土灶台飘出的柴火的烟带着木材特有的香气，并不是那么熏人。看着锅底红亮的干柴，火苗舔着锅底，听着噼里啪啦干柴的爆裂，心里就想，"人间烟火气"这句话或许就是源自于此吧。

两个小时之后，当老板喊了一嗓子"开饭了"。地锅里飘出的香味早已经把我们馋得围了过来了。锅里的烧鸭子和土豆、青笋散发出的香味，是平时做饭没有闻到过的香味。锅里贴饼子焦脆的口感也是日常不曾有过的。

围着地锅，坐了一圈家人，伸着长长的筷子，没有停下来聊天的节奏，直到锅里面的鸭肉和菜蔬已经被捞干净，大家还忍不住抄两筷子。我甚至想把汤打包带走，想着回去还可以下一碗面吃。

后来，回到城里，一直想一个问题，为什么那家的地锅鸭会那么好吃，而且那个味道是城里不曾有过的。

差不多想了半个月，觉得不仅仅是因为材质，最主要的是从城里到城郊，我们见到的餐馆都是烧的燃气。只有这一家是烧柴的。

柴火、铁锅、土灶台，能做出什么菜？我准备过几天再去吃一次柴火烧出的好饭菜。

那是说不出来的味道。

有一种惬意叫斜源小镇

　　有时候，好不容易有个假期，既不想待在家里，也不想去景区和人潮拥挤，那么，应该去一个什么样的地方呢？当然是山里，但不要去山里的景区，去一个山里的小镇，一个不知名的小镇，来一场小小的休憩。

　　这个五一，出成都，赴大邑，差不多快要到西岭雪山，沿着葱绿山峰中宽敞的盘山公路一路盘旋，穿过几条河，翻过几道山，钻过了狭窄的山口，才算来到了目的地——山里的小镇，斜源小镇。

　　山里的小镇，在人间的四月天，街道上都是郁郁葱葱的老树，还有沿着山间石板路蜿蜒的竹林。无论是树林还是竹林，叶子的绿色在阳光下摇曳，行人路过，仰头的时候，能清晰地看到阳光透过崭新嫩绿树叶的脉络，那种新绿的颜色和阳光的柔和，舒舒坦坦地润着你的眼睛，瞬间贴近了心田，有一种不可言说的芬芳。

何况，穿过千林万树的山风不冷不燥，凉凉的习习吹来，和着春夏之交的阳光，散发出山林中清新的舒爽。这个时候的阳光，是独特的阳光，这个地方的风，也是独一无二的山茶香味。

这就是要找的地方了，周山环绕，绿峰屏障，小镇溪水格外清凉，川西民居的小院子在花草的香气中，错落地放着竹凳子，静观时辰，时光停滞，方知"当下"不是一个词，而是一种状态。

世事凡尘，经这山风吹过，经这阳光沐浴，之后便是忘记了所有，宁愿藏身在这小镇的民居中，或许能够躲过烦扰，与雪山林泉为友，听今春燕子呢喃，夜深的时候，雨打西窗。窗外院子里的竹林，竹笋正破土而出，不声也不响，却在第二天的清晨让你看到毛茸茸的褐色鲜嫩和生命破土的惊喜。

一边窃喜自己在假期中躲过了人海人潮，来到了深山之藏，寻觅难得的青山归隐和安静；一边也欣喜地感叹遇见，遇见斜源小镇带来的世间少有。

斜源小镇藏在大邑的山林之中，依傍着高原雪水汇聚的两条河伸展开来。查了资料方知，斜源小镇因斜江河发源于乡境而得名，原来这条从雪山上流淌下来的河流就是斜江，又称"斜江河"。斜江河从斜源镇奔腾而出，为西北至东南走向，总长度约28千米，流入相邻鹤鸣乡境内。

"斜源小镇不是古镇，是生活的地方"，慢慢走在小镇的街道上，看到这样的文字，的确是，斜源小镇不是古镇，准确地说，这是一个共享乡居特色的小镇。家家户户的院子和小楼几乎都是民宿，无论是河边还是山边的，无论是桥边还是竹林边上的，都标记着——民宿餐饮，近日"有房"还是"无房"。

　　我们是午后到的斜源，看到从车辆上下来的游客和当地坐在廊桥上的人们，虽然衣着能够分辨出来，但是那份山水之间的悠闲，在晒太阳与斜躺在竹椅的调调上，是分辨不出来的。

　　当然，也还是有些许不同。本地人随处可坐，竹椅子、木椅子，街头门口树下，一杯茶一壶水，几位老友，几支香烟，跷着二郎腿，眯着黝黑皱纹的眼；外地人呢，则一定会选在风景秀美处，如河流拐弯的高处，满目青山，脚下江流，或是江边的古树下，绿水翠树高凳子，无论是自拍还是摆拍，反正都是沉醉在风景中的自己，只不过，在年龄上有青年的情侣，有少年的玩伴，也有中老年的团友。

　　斜源的民宿依山势而建，层层叠叠。若是顺河流而行，穿行街道之中，并不觉得狭窄局促，那是因为，民宿的设计总是给公共空间留足了余暇，无论是散步还是拾级而上，总会把老树、竹林、花丛、石墙，妥当地组合在一起，更确切地说，应该是融为一体。

比如，如也民宿就矗立在山涧之侧，距廊桥不远，站在廊桥上正对着酒店，站在酒店则观看着古典的廊桥，听着山涧水哗哗地流，似乎这种组合是国画的构图，错落有致，意境深远。

若是在如也民宿大堂的木桌子边坐下来喝茶，那对面的一窗碧绿，青翠如玉，我当时在想，四季的窗前可是四节小镇的变迁，那小镇山林的颜色该是如何的细微变化，从青色到斑斓，从冬雪中的枝丫萌发出春天的呼唤。

那么，时光的流转中，匆匆过客的四季情感又是如何的流连忘返，是不是都已经来不及惊叹，就已经是四季的歌里把遗憾一一写满。即便是手写的信笺，隽秀的笔迹，也寄不出远方的分享与思念，月缺了月圆，人去了未还。

斜江河的悬壁上，沿河而建的不仅有民宿、餐馆、邮局，还有土特产店、酒馆、木雕馆，还有茶馆、咖啡馆、书局和陶艺馆，自然的秀美和沉淀的人文在这清风山谷中浓郁地结合在了一起。那家咖啡馆的墙上竟然写着："你若来了，可以，安静地写一点东西。"这一句淡淡的话儿，读起来竟然让人觉得格外的亲切，一点也不觉得这是藏在深山的小镇。山水灵气浑然一体，是不是与附近鹤鸣山的道观有哲学上的关联，是熏陶浸染还是本就是风华自然？"晨来雾霭满山林，夜听江涛梦入枕。"

拐拐转转，在沿江的悬壁突出处有一处位置绝好的观山景的茶馆，我记得那家茶馆名字别致，叫"林泉高致"。就冲这名字，我陡然觉得这家老板不一般，能把《林泉高致》（北宋年间画家郭熙在山水画创作过程中形成的经验总结）这本书的名字用作自己茶馆的名字，必然领悟到了山水灵气和道家云气之妙。

　　一进茶馆的门儿，纯粹的茶香味扑面而来，我和孩子氤氲在茶香之中。竹架子上的竹筐里，晾晒着一层一层的大叶子绿茶，看得出这是刚刚从山上采下来的。稍往里，则是一个一个的圆圆的竹蒸笼，熊孩子循着茶香，不由得将鼻子凑到竹笼子上，原来浓郁的茶香正是从这些笼子里散发出来的。店员说，这是他们正在烘焙的今年的白茶"白牡丹"。我们点了几杯白茶，坐下来，茶水清洌香甜，入口生津，一会儿工夫，消退了我们的奔波劳累。就连小朋友都主动喝了好几杯。

　　好茶叶，当然是动了喜爱的心，当我们询问这茶的价格的时候，店员则说，这手工茶是斜源镇独有的，每年都是老板带着员工上山，在石头缝的老茶树上摘了这些大叶子。在石头中摘茶是很不容易的，他们经常被各种荆棘划破了手臂。由于是纯天然的，不打农药，更不会施肥，海拔一千米的山上产量有限，客人们来品尝可以，若是论斤买的话，价格是很贵的。

他这么一讲，我倒觉得，好茶的确来之不易，甚至都不好意思和别人讲价了。这年头儿，人心的贪欲总是恨不得万事万物都能够按照自己的意志多产多销，有些地方的茶叶也就随着这种欲望，在出茶的季节，增加各种肥料催长来保证不断地增产上市，可是，这种茶冲泡的时候，全然没有了林泉的别致清香与纯粹。

喝完茶后的，正好山风转凉，夜色中的小镇安静得只剩下虫鸣，这里没有车水马龙，没有霓虹灯，却让人们舍不得睡，宁愿在凉如水的夜色中听着虫鸣，看着黑沉沉的山林和天上的大星。

一夜小镇，一夜山林，睡得深，醒得早。

第二天一早，我就被布谷鸟给早早地叫醒，沿着河边，随着三三两两背着竹篓的人群，竟然寻到了山镇的集市，我也算是赶了一趟山里的集市。

虽说山里的人们勤劳厚道，可是随着共享小镇的倡导，镇上的游客也越来越多，赶集的人们自然就摸透了外地人的脾性。所以啊，你就看除了新鲜成堆的竹笋和一只只被绑过来的大公鸡，卖土豆的写着广告牌"本地洋芋"，卖猪肉的摊儿则写着本地"黑猪肉"。卖西红柿的车上挂着"本地番茄"，不过呢，这本地番茄确实不如普通市场上的那么鲜红透熟，而是我儿时记忆中半青不红的颜色，想必也的确是本土自然生长的西红柿。

换个角度来看，这"本地"的说法恰恰是最朴素的美好，自然万物自有规律，土地中正常生长出来的东西才是好东西，可是在这资本的世界竟然成了稀奇。记得母亲去世的时候，姨母是城里人，当时她低低地念叨了一句："以后，再也吃不到地道的土鸡了。"而我，在大城市上班的时候从不吃鸡肉，味同嚼蜡，真不知道这些鸡是如何被快速催熟的。

　　来小镇的时候顺手带了几本书，其中一本是自由记者王梆写的她在英国生活的观察《贫穷的质感》，她引用英国诗人威廉·柯柏的一句话："城市是人创造的，乡村是神创造的。"

　　若是从美好通达的角度来说，我觉得这一句很巧合地描绘了城市里的大商场和大超市，逛的时候不会有欣喜，也不会有奇妙的成长感。可是，逛山里小镇的集市却是如同与山神对话一般，有了生命的感悟和生命的充盈感，赶一趟集，整个人都神清气爽。

　　若是从全球经济的真实一面来看，可就没有诗人般的浪漫。山里小镇"本地"的说法折射出全球经济残酷的一面。"本地"之所以成为稀缺，那是因为人类的贪婪滋生了资本毁灭的一面。王梆在书中写道："这就是全球垄断资本主义的邪恶之处：垄断市场，兼并土地，大搞农业工业化，让可持续发展的地域经济窒碍难行；将失去土地的农民逼成'移民工'，将贫困归罪于懒惰，将资源的缺失嫁祸于移民；用最少的土地、最高的科技、最低的人力投入，炮制最高产、品质最低下甚至有毒的廉价农产品，将绿色食品变成少数人餐桌上的特权……"

我庆幸，在全球经济版图上，中国的农耕文明始终有着天人合一的淳朴和真挚，藏着山林土壤的智慧，对生命和天道的尊重正映照在山民手中的竹笋和刚刚摘下来的新鲜的巴掌大的黑木耳上……

那些蹲在地上摆摊卖土鸡蛋和鹅蛋的大娘们，面前总是围着几个人在问价。我也想买几个大鹅蛋回去煎蛋吃。记得在雅安山里的集市，是卖5元一个，于是就问价格，大娘说"陆元，陆元"，也就是六元钱一个鹅蛋，看来，毕竟是游客较多，行情见长啊。

赶了集，买不买东西不重要，重要的是觉得自己沉甸甸了，在集市中走一趟，像重新走了一趟童年，如同可以装入万千宝物的布袋一样，把山里民风民俗和山珍物产都装入自己的心里，无论是薤头、土腊肉、土鸡蛋，还是折耳根、野韭菜，我看了之后，就享受了山林的馈赠，就已经拥有了山林的富饶。

过九龙桥，读着桥上的唐诗，就到了街口的面馆，热气腾腾的烟火气映照着天际线的雪山，我总是有一种坐在店门口桌子前喊上一杯老酒的冲动。都说诗情须有豪情，我却觉得，烟火气和仙气的相逢才是古往今来的诗情涌动，只不过，没有经历过人世间西天取经的折腾，就还没有把自己打动。

店里的人们自然也有本地人，也有游客，老板招呼大家，吃面、水饺、抄手还是烧麦，还是醪糟粉子。可我都想尝尝，也许这和山里冷、胃口好有关系，还是约束一下自己，点了他们家的招牌"笋子烧牛肉面"。想起竹笋，就总能想起熊猫的好胃口和好牙口，何况现在的季节正是竹笋上市，更不用说竹笋，当然是"本地竹笋"哈。

我才夹起泡菜，老板就已经端上来香喷喷的牛肉面。正要吃面，对面桌子坐下来一位60多岁的大爷，精瘦的身板，穿着简朴的外套，太阳把他的脸膛涂上了山石一般的颜色，对老板说："二两牛肉面，二两老酒。"

果然有喝早酒的！到四川工作以来，常听当地朋友说，老一辈的人喜欢大早上在集市坐下来喝一杯，才开始一天的生活。这一次还真是碰上了。老板把面端给他，然后拿起酒壶，给他倒了满满一玻璃杯白酒。这位大爷一口面、一口酒的就整了起来，自得其乐，乐在其中。

生活是什么味道？忙碌碌还是乐陶陶？这位大爷的早酒告诉我，生活的味道就是味道的生活，好竹笋，好牛肉，还有好白酒，对了，都是"本地"产的哦，慢慢地咂摸，才好有力气，忙这一天的生活。

早餐之后，朋友们说，咱们继续去下一个地方，我笑着说："其实，斜源小镇很适合，我挺愿意住下来，多待几天的，因为这里给人的感觉，从自然到心境都是很美丽的地方。"

我记得街道的墙上有一句话："民族要振兴，乡村必振兴。"斜源小镇的振兴或许有我们民族文化心理的传统而又现代的逻辑，与鹤鸣山的道观在一道山脉上，藏着传统的智慧：天人合一，道法自然。

"本地"的，那么的迷人，常愿身在此山中，云深林泉，燕子屋檐。

山里的赶场是青山白云间的游荡

川西山脉纵横，沿着江河支流的脉络，散落着稀疏的人家院落，那所谓的山村，并不是家家户户挨着居住，而是远远近近鸡犬相闻，遥遥地能看到蓝色的炊烟，便是同村。

村落与村落，隔着江，隔着河，隔着好几道的山梁和山坡，不过，他们总有一个地方相聚集，卖点农产品，卖点山货，有钱了，买酒割肉，买醋和酱油，这个地方就是山里面镇上的场。

（一）山里的凉夜

这是一片四面环山的小山村，二层高、三层高的小房子连片地修建在山坳中，每家每户都留了一小片的菜园子，或在房前，或在屋后。

无论是坐在院坝中，还是坐在二楼的廊檐下，抬眼便是四周的青山白云，刚来的时候总是感觉不适应，似乎是诗句里的日子："两岸青山相对出"，"相看两不厌"，突然在大山的怀抱里，被溺爱得有点受宠若惊。

我们选的一栋两层楼的院子，背后是一片菜地，主人家种了南瓜、茄子、青椒、豆角、野韭菜，还有两棵花椒树，半个月前，满树红灿灿的花椒已经被主人摘去了。

傍晚的时候，我坐在桌子前，陪着熊孩子做作业，窗外下起了凉凉的雨，随着雨点增大，窗外的雨声也滴嗒滴嗒的大了起来。我翻着书，鼻子却闻到了浓郁的花椒特有的香味，看看手表也就5点左右，各家各户还没有到动锅的时间，何况即便是动了锅，却没有一点点的油烟味，只是那单纯的花椒的香味，浓浓的随风而来。

"我怎么闻到了花椒的香味呢？"我放下书问。"我也闻到了呢，是那种花椒的清香！"熊孩子也闻到了，大家才注意到，下了雨，窗外的花椒树，虽然花椒已经被采摘，但是花椒叶被雨水冲洗，夏风一吹，花椒的清香就出来了。我想起了很多农家在春季都有一道野味菜——炸花椒叶。用面粉简单勾了花椒叶，过油炸之后端上桌子，又脆又香，满口的花椒清香。

晚饭后，雨下大了。山里的大雨就不一样了，"唰唰"作响，山涧的水大都开始汹涌澎湃，奔涌下山，汇聚到不远处的江水中，平日里碧绿的江水现在一定是浑浊的。不远处的江岸被滔滔江水拍打，哗啦啦作响，犹如奔雷。

酷夏时分能有如此的凉夜，我当然舍不得在屋子里猫着。搬一把椅子，坐在二楼的廊下，听雨，看远山，在山里的雨夜。

因为是雨夜，山村的人们早早休息，亮点的有少许几家，在浓浓的夜幕里点缀了点点微光。除了雨声就是江声，还有虫鸣的唧唧声，即便是下雨，也阻挡不了它们快乐欢叫。

平日里最近的几座山峰都化成了黑色的幕布，随着山那边的雷电闪一下，金黄色的亮光会映照一下山的线条，从来没有看过大雨和闪电中的山峰叠嶂，竟然如同仙境般的神奇。

在大雨渐小的时候，山霭开始出现，最初是从半山腰飘逸出来，白色的云雾缥缈，"坐看云起时"便是此感。随着云气的升腾，逐渐覆盖附近的几座山峰，似乎山霭要和天上的云彩连在一起了，眼前的远山竟然都被云气所遮蔽，整个天际白茫茫一片，已经分不清天上的云彩还是山上的山霭。

我坐在椅子上，看着远山云雾的变化，雨声渐稀，虫鸣渐浓，山里的夜已深，凉意袭来，可我依然舍不得入眠，想了很多么？没有，只有静静地看着这山，这云，这夜色里的小山村，顿觉人是那么的渺小，在气象万千云气缭绕的山峰中，依山而居，沿江而耕，在人与自然的相处中，见证四季的轮回与更替。

（二）山里的赶场

第二天早晨，雨过天凉，云气升腾，鸟儿们叫醒了小村庄的人们，家家户户去镇上赶场。

我把走在赶场路上的景象写了几句，发给朋友：

"白色的山霭，

绕着绿色的山梁，

青色的山居，

飘出蓝色的炊烟；

路边的南瓜在贪婪地长，

紫色的茄子亮又亮，

翠色的辣椒长又长，

田里面背着竹篓的大娘采摘忙；

小路中间蹲着一条小黑狗，

在细雨蒙蒙中，

望着主人去赶场。"

朋友在微信里点评说："山乡淳朴得如同童话一般，令人向往。"我回复说："山里的赶场，买与不买，都不重要，重要的是在白云飘绕的山坳里，看着山民们把青山深林里的新鲜，用背篓摆在你的面前，那些野菜带着泥土气息和山雨的水滴，那些腊肉豆豉带着太阳的气息和传承的手艺，瞬间会把山外的生活和工作忘记，简直就是一场治愈。"

当然，外地游客到镇上赶场多半是喜欢买东西，也或者是看一看转一转。而山里人的赶场和外地游客的赶场是不同的，因为，山里人赶场可能是买东西，更有可能是卖东西，还有可能是卖了东西买东西。比如说，他们经常是背着雄赳赳的大公鸡、土鸡蛋、鸭蛋、鹅蛋、土腊肉、干竹笋、自家的手工茶叶、自家田里的嫩苞谷，甚至刚刚从山上采摘来的野菜或者新鲜的斗鸡公到场上，找个地方，整整齐齐地摆上，开始营业，地摊一个挨着一个，边聊天边等着顾客来问价。

当我走到一个老大娘的面前，刚刚下过雨的地摊上装着三个鹅蛋的塑料袋上还有雨水，三个鹅蛋上带着脏脏的泥浆和鹅粪，眼见着这是土生土长的鹅下的蛋，绝不会有啥饲料喂养。我蹲下来问价的时候，老大娘伸出手掌，比画着"五元一个蛋"。这么新鲜的鹅蛋，我也就没有砍价，就问："还有没有更多呢？""没有了哈，就三个，最近鹅下蛋少哈。鹅蛋炒野韭菜很好吃的哈。"

付过钱我就把鹅蛋提走了，那位老大娘高高兴兴地收了钱，或许她会去附近的铺子里打点酱油或醋，也或许，她会到酿酒的铺子里打上半斤的高粱酒，带回家给老伴喝。

当我从酿酒的铺子前经过的时候，看到成堆的红色的高粱酒糟散发着热气和香喷喷的酒香，如果说只从闻着的味道上讲，这高粱酒的确是很诱人的，若是酿酒的老板大方一点，在店铺门口放个小杯子让尝一尝的话，我一定会毫不犹豫地抿两口，咱也不是那种只尝不买的人，说不定也会打上半斤酒回去。

也或许，会去旁边的肉铺子割上半斤新鲜的本地黑猪肉，回家做个青椒小炒肉或者是剁了肉馅包抄手。场上的肉铺子一到这个季节生意就火爆起来。山里人家自己养的猪，一年出栏就该宰杀，农家乐经营也需要大量的新鲜猪肉。而外地人开车回去的时候总喜欢买当地的土猪肉，都不问价格，买了就走。

每一个肉铺前面还有城市里所没有的有趣的场景，那就是肉铺前面总有几个大小不一的狗狗们，或是黑狗，或是黄狗，或是小白狗，它们喜欢蹲在肉铺前，眼巴巴地望着架子上新鲜的猪肉和骨头，守着，望着，吞着口水。当然，场上的屠户都是大方的，总会不辜负它们的守望，会剔几个骨头给它们解解馋。

山里的赶场对外地人来说挺开眼界的，先不说能够看到众多叫不上名字也不认识的中草药和山货，就连食材范围都能扩展开来。比如，卖鹅蛋老大娘地摊的旁边是卖南瓜花的！南瓜花还能吃？若是觉得不可思议的话，那就是少见多怪了。三把新鲜的金黄色的南瓜花，用草绳整齐捆着，卖花的人说了："这南瓜花，可以做汤，也可以炒着吃，甚至还可以炒蛋，味道鲜美。"没有吃过南瓜花的我当然很好奇，就问价格，她伸出一个手指，一把一块钱，我于是买了一把南瓜花，想着回去做汤，看到底是何种的鲜美味道。

边走边想，山民的生活模式是不同于城市的生活模式，顺乎自然，舒适安然。

一次偶然的山里赶场，给了我不仅仅是一场治愈，还让我触动了关于现代城市文明的思考。记得学者孙歌所著的《从那霸到上海》中对现代发达国家城市文明和生活模式的思考："已然形成的现代消费模式，是与资本的欲望和操纵直接相关的，它打造的生活态度，必然以过度消费为底线……试想，现代生活中那些潜移默化的过度消耗，不正是被罩上了'文明''成功'的光环，诱导着价值判断的共谋吗？"①

城市中被刺激的消费和增长模式已经罩上所谓的"文明"与"成功"，让我们身处其中的人们追逐而迷失，焦虑而劳心，奢侈而不足，可是，对于整个大自然来说，天人之际，万物循环，过度的消耗，难道说真的就是一场

① 孙歌：《从那霸到上海》，北京联合出版公司 2020 年版，第 28 页。

"文明"？

（三）江畔的游人

赶场回来，沿着江边往回走。

我一边小心翼翼地手提着装着刚买的新鲜的鹅蛋和南瓜花的袋子，一边把伞收了，细雨蒙蒙，走在山间小路上，这或许算是一种奢侈的体验吧。要知道，在城市里哪会有这么舒爽的空气，这么清新的细雨呢？

前方，远远地看见两位老人，老大爷拎着半塑料袋子青色的东西，老大娘则不断地在路边的草丛中拔来拔去，挑挑拣拣，然后转身把捡到的东西装进老大爷的袋子中。

两步远的时候，我看清了袋子里的青色，是墨绿新鲜的地木耳，两位老者很明显不是本地人。因为，本地人对地木耳简直太熟悉了，由于生态好，山里面只要一下雨，遍地都是地木耳。何况，他们总觉得地木耳虽然好，但是清洗起来太麻烦，所以本地人是不会去捡地木耳的。

我路过和他们打招呼："这可是好东西啊，不仅是中药，也是美味，实实在在的山珍呢。"两位老者看我和他们打招呼，一边像孩童捡宝贝一样欢欣，一边高高兴兴地回应我："是的是的，这是稀罕的东西，这儿地木耳长得又大又干净。"

小时候，老家的黄河大堤上，在夏季连着几天阴雨天之后，树林里的草地上也会长出很多墨绿色的嫩嫩的地木耳，我和小伙伴们忙着来捡，然后大人们会洗干净后炒了吃，那种味道再也没有尝到过，一是离开了家乡，二是家门口黄河大堤上已经没有了参天树林和浓密的草地。

有时候，这些山野的东西往往勾起了乡愁，原来，人们乡村里童年的记忆，美好的大多是与田野有着密不可分的关系。乡村的美丽恰恰源自乡野的气息，那乡野的点点滴滴才是一种莫名的治愈。

往前走，看到一顶小花伞，半蹲在地上。走近了才发现是一位女士，正聚精会神地拿着手机拍路边野草上的几只蜗牛。下雨的时候，蜗牛们是欢喜的，要不就是忙着换新的树枝树叶，要不就是想趁着凉爽走一走。

几只蜗牛背着重重的壳，伸长两支触角，慢慢地，慢慢地沿着挂着雨滴的野草叶子爬行，旁边还有两只没有背壳的蜗牛，在这么凉爽的天气里，趁着夏雨，甩掉了房子，无房一身轻，甩掉了房子，开始一场说走就走的旅行。

我在想，若是这几只蜗牛会说话，它们是不是会对拍它们的女士说："嗨，这位女士，不要拍了哈，看看，我们这才叫慢生活。"

当然，或许这位女士不是仅仅在拍摄，可能也是在录视频，这个时代，社交媒体融入了每一个人的生活，很多人不是在直播就是被直播。

雨逐渐停了，远处青山山腰白色缥缈的山霭也逐渐散去了，于是，青山、蓝天和白云又一次舒舒展展地成为整个山区的背景图。山路行走的游人便拥有了清澈的蓝天、浓绿的青山和洁白的云朵组成的背景图，大家纷纷举起手中的手机。迎面便是一群退休了的老年人在拍视频，我只好停下来，等着他们拍。

老大爷站在山路的中间，举着手机录视频，老大娘们站成一队，每个人手中都拿着一束艾蒿和野花，对着镜头，如同走T台一样，扭动腰肢，裙摆摇曳，举着各自的花束，脸上的表情配着各自的帽子和丝巾，做足了功课。

甚至走了一遍还不过瘾。她们嚷着又重新组队，成双成对地次第走到镜头前，把这风景和风景中她们自己都变成了视频中的风景，总之，从镜头中看到了是老年人童心的妩媚，还有退休生活的活力，却没有一点妖娆的气息，反而是野草野花的蓬勃生机。

（四）镇上的小餐馆

镇上有很多家小店，比如羊肉馆子每天早上人满为患，比如烧烤店晚上的时候，木炭火的香味能飘出几条街。但是，中餐馆红火的并不多，因为游人多是住在农家乐，是有餐食的，不用到处找中餐馆。

镇上的"好回味"馆子却是一个例外，他们每天早上都会认认真真准备一天的食材，竹笋要清洗，猪蹄要现卤，青椒要采摘，玉米粑粑要现磨……忙忙碌碌一早上，等着老顾客们过来吃饭，顺带喝上几杯泡了拐枣、刺梨的烧酒。

晚饭的时候，我们从村里沿着江边的堤岸步行到镇上的餐馆。到了"好回味"坐下来，打开菜单，看着价格合适，就想着一定要尝一下这家开了十多年的老店的招牌菜，几经商量，就点了花椒鱼、凉拌黄瓜、老腊肉、白菜豆腐汤，光看着几道菜的菜名可能觉得平平无奇，家常菜而已。

山野的小镇上能开十几年的小餐馆，那都是不一般。

我们点了花椒鱼，老板没有回后厨，而是掏出手机打个电话："杀一条鱼，两斤，做花椒鱼哈。"合着老板店里是不存鱼的，要吃鱼就吃现杀的。不一会儿，镇上专门卖鱼的铺子把刚刚宰杀好的新鲜鱼提过来了，老板才接了鱼回后厨。不一会儿，一盆花椒鱼上桌，上面飘着红红的花椒，老板说是后院花椒树上长的。鲜嫩的鱼肉，入口叫绝。

凉拌黄瓜是一道再普通不过的凉菜，可是这些黄瓜可不是塑料大棚里长得细长细长的绿色黄瓜，而是他们自家园子里黄瓜架子上长的粗壮的黄瓜，大得长得堪比一根长条的南瓜或冬瓜，这种黄瓜被当地人叫作"山黄瓜"，口感脆而清爽。

老腊肉当然是硬菜，要下饭的。无论早晨的场上还是平日里临街的商铺，家家户户几乎都悬挂着一条条酱色的老腊肉，太阳光强的时候，不仅能够看到老腊肉的透亮诱人，还能看到老腊肉滴下的油脂。这些老腊肉是地道的山货，大多是自己家养的猪，年底杀了年猪，做成腊肉存起来。现在呢大多是要卖给这些来来往往、见着山货就稀罕得不得了的城里人。店老板切了一盘子腊肉，每一片都是肥瘦相间。

豆豉热油炝锅，香气一下子就把我们馋饿了。这可不是普通的豆瓣酱，他们煮了自家田里的黄豆，然后在山里淳朴的太阳的晾晒下做成了豆豉，不仅鼻子能闻到，甚至肺腑都能闻到这种太阳晾晒出来的味道。

炒好的老腊肉端上桌，呈现土猪肉独特的金黄色，口感筋道醇香，还有鲜绿的配菜，有着不同于青椒的野菜香味，老板说专门用了野韭菜炒腊肉，这是山里人独有的做法，香而不腻。我才想起来，怪不得早晨赶场的时候总看见鲜绿的大叶子很像韭菜又不是韭菜的成捆的野菜卖呢。平常大家都不怎么吃腊肉，这一次，一整盘的炒腊肉被大家一筷子一筷子地就着米饭，吃得干干净净。

白菜豆腐汤就更不用说了，后院菜园子的小白菜，摘了洗了打了汤，吃的时候还能感觉到小白菜叶子上绒毛般的刺。大家边吃边讨论着每一道菜的新鲜，感叹道，在成都怎么也吃不到这样的味道。

我在想，做菜的手艺当然很重要，不过最重要的恐怕是这些菜蔬和腊肉是纯天然的食材，它们汲取了山水阳光，被端上了我们的餐桌。大自然的味道才是最迷人的醇香。

山里菜的做法，口味肯定会重一些，不过，这么醇香，才让今天的米饭也显得格外的合胃口，这么简单的一菜一蔬，源自大山的山水阳光，在我们面前如同山珍海味，哦，现在的确是山珍海味。

突然觉得，这世上，在城市奔波的你和我，拼命地付出与追逐，竟然显得这么的滑稽。便捷的城市生活，繁华的车水马龙，竟然把自然生长菜蔬的食材变成了一种奢侈，那我们所希望的该是什么样的生活呢？

黄桷兰树下的咖啡馆

　　不知道，是不是很多人都和我一样，有一个不切实际梦想，那就是，能够在风景秀丽、绿树掩映的地方开一个咖啡馆，这个咖啡馆最好有一个参天大树荫凉的院子，可以在院子中角角落落的地方，散落地放一些想看的书⋯⋯

　　若是有这样的一个咖啡馆，我就可以在下午的时光里，斜靠在椅子上，一边懒懒的翻着书，一边品两口咖啡香，或者是，看着风吹动树叶，在午后阳光中摇晃。

　　嘿嘿，就这么的幻想，就这么的向往。每当和朋友聊起这个念想，好几位朋友都说，他们其实也有一样的梦想，只不过，在生活的劳碌和工作奔忙中，只能偶尔想一想，甚至想一想都是奢望。

　　直到偶然的一次机会，我和朋友转到了天府新区的一片丛林，沿着村道，七拐八拐，过了一片莲叶田田的池塘，在山坡的高处有几户青砖黛瓦的农家院落，其中一家院门口写着："这里有一个咖啡馆儿。"

　　沿着台阶拾级而上，才发现整座院子建在半山坡上，依山势而做的布局：下坡处树多的平坦坝子做了喝茶的院子，山坡中间可以充足地接受阳光，则建了房子，而山坡的高处是层层叠叠地种植了菜蔬和花草，院子外面是野丛林的包围。

　　在院坝中环视四周，似乎有些熟悉的感觉，却又是从未来过的样子。被老樟树和砖墙呵护的院坝，天然的就是一种僻静所在。院坝里不同的方位，长着伞盖一样的桂花树，参差粗壮又遮了三分之一院子的黄桷兰树，还有一丛蜡梅树，甚至院墙的边上还长着各种树木。

　　夏末秋初，午后的阳光透过树叶，一样明亮，只不过不如前几日那么的毒辣，带着秋天的明快和微凉，风吹来的时候，黄桷兰的清香一缕一缕地溜入你的鼻腔。这些大树下面，店家妥当地布置了错落有致的遮阳伞，毕竟夏日没有全过，还没有来得及撤走。遮阳伞下面则是实木打制的老式方桌，用手触摸的时候有一种亲切的粗糙感。几个桌子的四周摆放了木墩子和木沙发。

　　朋友坐下来，似乎瞬间散开了自己，与这院落中的树木、阳光化为一体，放肆地脱了鞋，光脚搁在沙发上，斜倚着椅子，悠然地抽着烟，一副无赖的样子，却又有一点飘逸感。

老板把咖啡端过来，大家就闲聊几句："这院子中的黄桷兰树，这么粗大，花开得舒服，是后来移栽的么？"我们问道。

女老板干净利落，围着洁白的围裙，笑着回答："不是的哈，这个院子是我们亲戚家的老房子，这些都是几十年的老树了，老早就长下了哈。院子不仅顺山势而建，这些树也是顺势而为的，树是怎么长的，我们的院子、桌子就怎么的布局，你们看，你们的桌子就在黄桷兰树下，黄桷兰垂下来到头顶呢，顺手可以摘一两朵，今年花开得多，你们尽管摘几朵就是。"

看到女老板这么大方，我们自然是开心地摘了几朵黄桷兰，要知道，这个季节，成都本地司机方向盘的前方都挂着一串黄桷兰呢，乘客到了车内，首先闻到的就是黄桷兰那沁人的清香。黄桷兰的花朵，未开的时候洁白如玉的包裹在一起，花瓣散开的时候，如同白玉雕琢的仙女的裙摆，花蕊则是朱红偏紫色。四川人从小就开始佩戴这天然的花朵，即便花朵已经干了，依然散发出浓浓的、黄桷兰独特的、醒神的清香，不浓不腻，清雅大方。

我记得，刚到四川的时候，惊讶于这么美丽大方又清香润肺的花儿，就爬大树上摘了几朵，专门快递给了北方的朋友。北方没有黄桷兰，我把芬芳分享，恰是那个时候的芬芳少年，新鲜地审视自己所选的这座城市的滴滴点点。

当我们和女老板聊起这座小院咖啡的由来时，女老板寥寥数语，竟然有时代变迁之感。原来，人家早年在外地读书，后来就在广州开咖啡馆，生意打拼得很是红火，事业很是如意。后来呢，人到中年了，觉得大城市的劳累感日益增加，越来越想回老家，寻一片山林，安安静静地。于是，三年疫情，生意不好做，也是新的契机，索性就下了决心，该舍的就舍，该离的就离。正好，天府新区乡村振兴政策在鼓励创业，加上亲戚家的这片老宅院，青砖黛瓦完好，打理打理，就这样扎根生长了。于是，天府新区就多了一家打工人下午喝茶的好去处。

听完女老板的故事，我对朋友说："都说四川是一片很有仙气的地儿，你看，这老板的咖啡馆儿，都天然的合乎道家的思想，顺势而为，契合自然。树怎么长，桌子就怎么摆，现在是夏季，咱们在黄桷兰树下，闻着黄桷兰的清香，过几天，秋意浓了，再来的话，你看那几株桂花树，定是一院桂花香，说不定桂花会落在你的咖啡杯中。"

"夏有夏的清香，秋有秋的沉醉。到时候，来一杯真正的桂花拿铁尝一尝。"朋友很期待地感叹道："我觉得，这个小院咖啡的调调，有一种中医文化的默契感。这就如同我最近读的一本关于中医的书《生活处处有中医》，樊正伦老师在书中讲的是，西医看病看指标，各种检查，各种指标，中医看病呢，望闻问切，看的是生命的整体状态。这个小院的设计，就蕴藏一种'采菊南山下，悠然见南山'的生命状态，坐在这儿就感觉身体在通畅的呼吸，元气满满，能量汇聚。"

"嗯，那本书，我也看过。樊正伦老师讲：'西医在治病，中医在治人。西医依靠指标治病，而人不能完全靠指标活着。'中医的确是一种文化，一种人生的态度和智慧。"我还记得，看完那本关于中医的书之后把书送给了朋友，然后自己又下单买了一本，准备慢慢地翻看。

"不仅仅是西医靠指标，现在某些教育领域也是在看指标，那种考核的指标化，课题、论文、项目，那才叫一个疯狂，所以国家现在在'破五唯'。哎，我们个人的生活有时候何尝没有受指标的影响呢？"朋友从生命的状态开始反思当下人们的生活。

朋友当年从大学毕业之后，跟随社会的风潮，选城市、选工作、选对象，甚至选生活的节奏，似乎社会已经给我们的工作和生活做了统计的指标，生命就在追逐这些指标中耗尽了灵动和宽松。

人到中年的时候，在片刻喘息的时候回望，才发现，那些指标其实都不是生命所需要的，而是这个社会所赋予的；那些指标其实不是我们自己所渴望的，而是外在的裹挟。那些指标变成了一种焦虑，甚至演变成了一种压力。

不知道从什么时候开始，因为这些指标，人们没有了老一代人身上的怡然自得和恬淡从容。当我们一年到头为指标而跌跌撞撞，时光就收走了生命的感知，岁月就麻木了敏感的内心，生命变成一个纯粹消耗的过程，我们的内心接触不到山水灵气、花草树木的滋润，不可避免地会产生心累的虚无感。

　　待到秋浓，满城桂花开，小院桂花香。我们若没有时间来过，那么，这个桂花季也就错过。

　　我对朋友说："这个下午，算不算是树下感悟？"

　　"嗯，黄桷兰树下的咖啡馆，简直就是心灵的中医馆，心由境生，我以后可以卸下指标，生命本自然，小院听秋风。"朋友说的话有点儿禅意。

　　我去前台结账的时候，抬头看到院子中的柿子树，肥大绿色的柿子在枝头垂下来，很是喜人，女老板说："秋天的时候，你们来，柿子脆脆的甜甜的，就可以吃了哈。若是秋末，等柿子红的时候，满树的红灯笼，远远地看见院子中有这样的一棵树，心情都会好起来的。"

一梦蜀地桂花季，红豆谷中古院落

蜀地的气候，秋季里，桂花树会开三拨桂花。

第一拨桂花开的时候正是夏末转初秋，酷暑刚刚退去，桂花就恰到好处地提醒人们，最讨人喜欢的秋天来了。风中吹来桂花的香气，你会觉得，经历了酷暑，每一份凉意都奢侈得让人倍加珍惜，尤其是夜里，蚊子少了，可以踏踏实实睡个好觉，在奔波中劳累的人们，最能欣喜这一番秋意。

要知道，城市中生活的人们，日日夜夜里的车水马龙，流光溢彩，喧闹耗神，想睡个好觉往往成为这个时代人们共同的愿望。若是到了山村里，浓浓的夜色，弥漫青草的味道，安静的夜里，只剩下"唧唧"不停地各种虫鸣，凑巧还有山泉声，那这一夜必然是无梦的醇香，元气满满地升腾。第二天早上，朦胧乍醒，被村中此起彼伏的公鸡打鸣给唤醒，原来幸福还有这样的不同，何况桂花的香味已经随风把整个院子充盈。

　　不过，初秋总会迎来几场秋雨，"一阵秋雨，一阵凉"，蜀地的几场秋雨不巧就赶上桂花季，尤其是第一拨和第二拨的桂花季，都是在桂花树的米粒刚刚长满，香气宜人而沉迷，此时总是遗憾的来一拨秋雨，没来得及在桂花树下的茶座尽情地呼吸，就已经雨打风吹去。有一次，在峨眉山，凉风吹来，远山染黛，被缥缈的山霭遮蔽，和朋友走在街上，似乎多了一分仙气，顿觉充盈了山水灵气。我们慕名到老街上的高记豆腐脑店，吃着牛肉夹饼。旁边正巧有一位老婆婆，挎着篮子，在卖一串串晶莹剔透的黄桷兰花，清香袭人。一朵朵的黄桷兰花，用线串起，小串一块，大串两块。朋友蹲下来买了两小串，说是要挂在车里，能清香一个星期。我就对朋友说："如果是夏天，最当季的花自然是黄桷兰，可是，现在是秋天，正是桂花的季节。桂花不用买，都在这座小城的风里。"

　　今年国庆长假，很多成都人早早地启动了计划，把成都的旅游让给外地的朋友，索性自驾车，住进川西雅安的大山里，山里有许多峡谷和峡谷中的小山村。

　　后盐村就在雅安雨城区的红豆谷中，沿着从山谷流淌出来的河流蜿蜒伸展，窝在山坳里，人们在这里生息劳作。随着旅游的开发，一家一家的民宿也逐渐建了起来。红豆谷中翠竹丛生，如长矛一样新发的竹子直立，眼见的脆嫩，一下子就能理解为什么这里是大熊猫的老家了，脆嫩的竹笋给大熊猫提供了最可口最丰富的食源。开车行驶在红豆谷中，两侧浓绿幽深的原始森林伴着溪谷中的流水叮咚，实在是如入仙境，有一种清洗胸肺的舒爽感。

抬头看两侧山谷，总能看到层层叠叠的茶田，这些茶田攀岩而上，在近乎绝壁的情况下采摘本就不容易，何况，一株一株的种植上去。高山茶田雾气萦绕，高寒熏陶，这是产茶的绝好之地，难怪人们喜欢"扬子江心水，蒙顶山上茶"。

（一）藏在大山里的后盐古村落

红豆谷就在蒙顶后山，为什么叫"红豆谷"呢？问了当地的老大爷才知道，此处峡谷的半山上有一棵两千年树龄的"红豆杉树神"。不过从谷底到半山要走过几里陡峭的山路，外地人的开车技术是不敢上去的。老大爷憨笑说："对于山里人来说，也就走几步的问题，不算啥，我们谷底的人家大多是从山上搬下来的，我们山上那个村，叫后盐古村落，不过呢，现在已经整成民宿了。到了后盐古村落，自然就能看到千年红豆杉。"

我们这才想起，来之前，在查酒店信息的时候，看到了后盐古村落的民宿信息，既然来了红豆谷，那么，怎么舍得住在谷底呢？大家拖着行李箱，沿着陡峭的山路，走一段山路就在树林中停一段，差不多半个小时之后，看到了一根巨大的原木立在村口，上面刻着"后盐古村落"。

站在高处俯瞰后盐古村落会发出惊人的感叹，这连成片的人类的居住痕迹，也是人类创造的文明。雅安境内多红砂石，便于开采分割，当地人的生产生活工具，如石磨、水缸、石板、台阶，大都是红砂石材质。半山原始森林中高树林立，伐木则成最好的建材，那些青瓦也是就地烧制，否则极难搬运上山。得天独厚，就地取材的川西特色的木石建筑，一个院落连着一个院落，沿着半山的斜坡铺开，隐藏在了青翠的大山深处。川西人用自己特有的勤劳和智慧，创造了山林中秀丽的瓦房阁楼、院落村舍，同时，在院落中和院落之间，早年植下的金桂、银桂、松树、桢楠等，早已经长成了大伞，人们可以在树下乘凉歇息。

除了层层叠叠的青瓦院落是一片错落有致的平坡，后盐古村落旁边的茶园则是绿色的梯田。向下俯瞰，茶田延伸蜿蜒，直达谷底的感觉。间或能够看到古村落的一座座先人的古墓，那些墓碑都是当地红砂石切割雕刻而成，有的已经长满了野草和藤蔓。远眺对岸，则是红豆谷峡谷对岸的青山，山霭雾气形成的白练在山腰缥缈，有仙山归隐之感。

在一个院子一个院子穿行的时候才发现，这其实是一个早已经破败的村落，那些斑驳的木门，破损的石柱，都意味着这个村落早已经被人们所遗弃，尽管这里曾经是他们的家园，尤其是从精美的阁楼、木雕的门窗依然能够看出，这里的人们是多么的热爱生活。瞬间明白了为什么整体搬迁，由民宿接手，风貌不变，设施提升，很快就成了山水之间人文底蕴深厚的乡俗民宿。

走到一处相对独立的院子中，面南背北，有堂屋正房和两侧的厢房，院子左边是一株银桂，右边是一株金桂，在红砂石石板平铺的院落中犹如巨大的伞盖，整个院子盈盈地充满桂花的气息。

想起前几天写的一首心愿小诗，正是应了此时之景：

若是，山里有一座小院儿，

院子里一定种上，

一棵金桂，一棵银桂，

九月里秋风凉，

桂花一树一树绽放，

满院里尽是桂花的飘香，

沁润的，让人

沉醉在桂花芬芳里。

坐在桂花树下小竹椅，

闭上眼睛尽情地呼吸，

脉搏动了桂花的气息。

秋的絮语，温婉迷离，

最不舍这人间的桂花季，

桂花落时，愿树下立，

一身尽沐桂花雨，

来时来，去时去，

唯愿此时少风雨，

一季桂香莫相弃。

如今，似乎是梦中的小院子活生生地呈现在了面前，不是哪个神仙的点化，也不是魔幻的布局，而是山林中的探寻与邂逅。既然不为所有，但可所居，当机立断，就选这个院落了，中秋月夜，桂花树下，好好地珍惜这山里的小院，好好地呼吸，要知道，这是今秋最后一个桂花季。

我笑着调侃："这个院子，住下，可是要体验一下大户人家的感觉。"

留着大胡子的民宿老板，叫作老沈，就和我们聊道："这个还不算大户人家呢，后山上那几个院落，几层阁楼，几进院子，正在整修呢，等到装修好了，你再来体验哈。"

"那为啥，此处深山老林的院落，叫后盐古村落呢？"我一直对这个名字都很好奇。

"您看哈，咱们这山上产盐，打井的时候还有天然气，还有呢，旁边的古茶园产的高山茶，那是绝妙好物，后盐可是闻名的产茶之地。何况古村落又在茶马古道的线路节点上，当年咱们这个村那是资源丰富，财大气粗啊，所以才有这么大的财力，修建这样的川西民居的院落群。现在呢，人们为了生活便利，都不在山上住了，我就和原来的老住户们商量，由我们来投资进行改造整修，租来做民宿，他们的院落不至过于破败，同时还有固定收入呢。"老沈爽朗地介绍了他的产业模式。

"您这租来的可不仅仅是几栋老房子，几进老院落，您租来的可是山水自然、人文古韵。"我其实发自内心的羡慕他的这份工作，不过，他这么一说，打开了我很多的疑问，这么大的古村落，若是没有财力支撑，不可能建得如此恢宏考究。在古代，没有盐、茶和天然气，这个大山深处也不可能有如此的财力。

（二）中秋夜民宿听秋雨

中秋的夜色如期而至，虽然雨城区的月色不是那么明显，可是住在后盐古村落院子的人们开始了各自的庆祝：

有一家三口，老两口带了一位十八九岁的女孩子，听口音是北方人，在屋檐下支起烤炉，老板提供无烟木炭，开启了烧烤和啤酒模式；女孩子在父母烧烤的同时，拿着手机聚精会神地拍柱子上的一只螳螂。

院子中还有一对小年轻，二十啷当岁，男孩子很秀气，女孩子一身白裙，婀娜多姿，两个人相依相偎，在金桂树下，坐在石凳上，面前的石桌子上，两个杯子，一瓶干白，把手机立起来，边追剧，边小酌。

这两幕情景，一个是烟火气，一个是神仙气，谁说浪漫一定有特定的含义？谁说没有明月的中秋节就看不见明月了？人人心中，似乎都有自己的中秋节，都有自己的明月夜。

我们家的熊孩子在屋子里竟然翻到了《三国演义》的连环画，他开心地沉浸在连环画中，毕竟很多字还不认识，连猜带蒙，主要是看图。院子中又来了一家三口，大约三十多岁的夫妻俩，男士是一位老外，娶了一位四川媳妇，婴儿车中的宝宝正开心地想和大家聊天，咿咿呀呀，简直就是个社牛了。于是乎，大家在英语和汉语之间切换聊天，这位老外是克罗地亚人，我们说起足球，他就说他们国家的足球就像中国的乒乓球，孩子们从小就踢，那是一项普及运动。说起啤酒和白酒，老外开心地说，他超喜欢喝酒，但是中国的白酒那度数，是要放倒一头牛的。

稍晚一些，众人都回屋休息，中秋夜的山上飘起了渺茫的秋雨，凉凉地，有一种慵懒而伤感的气息。于是，我就在院子的走廊下，倒上一杯热茶，什么也不做，安安静静地对着院子对面乌黑的山林，听着沙沙的雨滴声，任由自己延伸舒缓在乌黑的夜里。

不知道这个院子的主人或者前人是不是一位茶商，或者是一位盐商，在秋雨绵绵的时候，也曾在雨夜时分，在屋檐下，惦记着茶或者盐的行情，还有自己的货物是不是已经顺利地翻过了大山，进入了藏区，已经售卖到藏民的手里。哎，要知道，今晚是中秋月夜，说不定，人家一家人正在围着篝火，唱着岁月的歌谣，跳着山民的舞蹈，一边赏月，一边品尝着桂花糕呢。他们一定不曾想到，自己的院落会成为民宿，迎接四方的游客，甚至来自克罗地亚的客人。

院内桂花树的香气，随着秋风秋雨吹来。沉浸在这难得的细细的秋雨中，担心这难得的第三拨桂花季，若是今夜雨大了，明早可能银桂和金桂就会洒落一地。银桂树下，一地金黄，金桂树下，则是一地丹红。

想起落花，不免有些惋惜，于是写了一首小小的句子，分享给朋友：

> 最舍不得，
> 你从树上的飘落，
> 犹如精灵跳入星河，
> 把秋的大地用丹桂色涂抹，
> 怜惜的人儿把这幅画
> 轻轻地绕过，
> 留下一地的优雅，深秋的落寞。
> 风吹过的古院落，

一袭润心的清香，

幻化最浓的诉说，

告诉你我，

这人间的秋意，

绘制成水墨的山河，

每一份秋色都且莫放过，

请把每一个细微娇颜的桂花落，

轻轻地放进衣裳的口袋，

或者

洒在西窗下的书桌，

人间的妩媚与婀娜

再没有如此的桂色，

配得上秋夜，

秋夜晚灯下的独酌……

今夜桂花的米粒洒落一地，

便是明早秋雨的笔迹，

多适合，铺开信纸，

告诉那，

多日里未曾联系，却总惦记，

来蜀地，

看一城桂花，醉一场秋雨……

半夜里，秋雨大了，沙沙地敲打着屋顶的瓦，那种久违的儿时的声音，陪伴着山里酣睡的梦。

（三）千年红豆树下寻红豆

第二天早上倒是没有被公鸡打鸣叫醒，反而是被院子对面竹林里一只山羊的"咩咩"声叫醒了。小朋友自然是喜欢拔草喂山羊，当熊孩子问我小时候是怎么和山羊玩时，我很坦诚地说："我和我的小伙伴们都是村里孩子，没有那么稀罕山羊，我们都骑着山羊玩，当然，也骑过牛，甚至还骑过猪玩呢。"孩子惊讶得张大了嘴巴，估计他一定在想："你们小时候，才是真正的熊孩子。"

由于昨晚没有风，还好，两棵桂花树只是洒落了星星点点的桂花，雨后更是格外的清香醒神。

大家相约去看千年红豆树，沿着红砂石板铺成的台阶一路下山，大约一千多米的山路，东拐西拐，就到了一处被人工保护起来的树林中。由于都是参天大树，此处树林阴凉无比，地上也掉落了很多野酸枣。在路口处有几个本地的老大娘，摆着摊，摊上整齐地摆放着鲜红的红豆串成的手串、吊坠、项链等，精致而新奇，小女孩们很是喜欢。原来红豆是这个样子的啊，而且是从大树上掉下来的，尤其是红豆豆荚也摆放在摊上，熊孩子就随口朗诵了王维的《相思》："红豆生南国，春来发几枝，愿君多采撷，此物最相思。"

当我们走到被石栏杆保护的千年红豆杉树下时，众人抬头看见红豆杉的真容，都忍不住"哇"的发出感叹。

这棵树真的长成了仙，网上介绍："后盐村有一棵树龄2000多年的红豆树，树高32米，胸围7.69米，要9个成年人才能环抱。"近距离看，整个直立高耸的树干像一座小山一样在山谷中耸立，往上仰望，我们是看不到它的树梢的，甚至有铺天盖地而来的感觉，站在树下，甚至感觉到红豆杉气势磅礴的洪荒之力自远古而来。

我忍不住在树下打起了八段锦，气韵浑厚，吐纳灵气。

有朋友问道："每天这么多人来仰望红豆树，找寻红豆，会不会打扰了它老人家的清修呢？"

"不用担心，在两千年的红豆树面前，人类就如同蚂蚁一样来来往往，忙忙碌碌，它老人家见过太多的人了。"我笑着说。其实，我在想，在大自然的长河中，千年红豆树自有它生命的逻辑与维度。

从山上回来，古村落的民宿已经很热闹了，来研学的一群小朋友在老师的带领下正在生火做竹筒饭。他们用的竹筒是新鲜的刚从竹林里砍下来的，将其中的一段用刀劈开，将大米、胡萝卜块儿和水放入，然后把这些绿色的竹筒放在灶台的火上烤，逐渐能闻到大米的香味和竹子的清香。

带队的老师对我们讲："大山是座宝藏，养育这里的人们，下一代人理解这些，才能与大自然相融相生。"当城市文明让人们远离原有的生产生活方式的时候，其实，人们越来越多地在努力逃离城市，奔向山林和乡野的怀抱。梦想有一个山林的院子，不正是人们对山林的爱和依赖的隐喻么？

几天小住，走的时候却依依不舍。"若是暑期，一定要来住上半个月"的想法已经在我心头种下了。在下山路上，看到一位精瘦矍铄的老大娘笑呵呵地上山，既不喘气，也不停歇，还不拄拐杖。

她和我们打招呼，当被问及年龄时，老大娘说："81了哈。"我们大家感叹，人家这身板和体力，简直让我们汗颜。老大娘还问："山上的客人多不？我的房子也在后盐古村落呢，要时不时去看一下……"

藏在峨眉山里的小院

　　岁末年初，北方飘雪，南方寒意袭来，蜀地的人们也开始将腊肉和腊肠挂在窗台上，路过的猫猫狗狗们总是仰着头，看一看，来回走两圈，无奈地舔一舔嘴巴。

　　走在峨眉山市的街头，经常会看到骑着三轮车或者电动车的老人，车上插着一束一束的蜡梅枝，枝头上的蜡梅花金灿灿，有的含苞未放，有的绽放正盛。天寒，蜡梅开得正好，街头自然是卖时令的蜡梅花，放在室内，一室清香。这种车路过身边，风吹来，尽是蜡梅沁人的香气，不得不感叹蜡梅香味的独特。

　　元旦放假这几天，峨眉山整个小城又热闹起来了，峨眉山甲秀天下，自古就是名胜之地，"天下峨眉，云上金顶"，尤其是金顶的雪景，云海缥缈，佛光映照，的确令人神往，王羲之、李白、米芾、陆游都是那么的喜爱峨眉，更何况今人呢。每逢节假日，峨眉山游客汇聚，上山的道路也不得不交通管制起来。

不仅是交通的忙碌，峨眉山游客中心已经在电子屏幕上打出"今日景区门票已售罄"，各家酒店也都在平台上显示"满房"。至于峨眉山大街小巷的餐馆，则是开足了马力，正是人头攒动的时候。胡老三牛肉汤锅的老板在您点菜的时候就很坦诚地告诉您："这两天太忙，火爆牛舌做不及，请点别的菜"；丹香麻辣烫的店里，从早上就开始串新鲜的泡椒牛肉串和笋子牛肉串；下午五点开门的申二娘烧烤店，不仅取消了烤鲫鱼这道菜，甚至已经不接受电话预约了，要想吃，请直接来店里排队取号。至于高记豆腐脑和曹鸭子，店门口则是一如既往的排队……

若是得了方便，在峨眉山景区的山脚下正巧逛一逛峨眉山博物馆，在博物馆的一楼可以看到一个实景沙盘，对峨眉山的地形地貌一目了然，从市区到金顶，盘桓的山路和丛林都做成了模型，"报国寺""伏虎寺""万年寺""雷音寺""清音阁"等众多寺庙也都标注在了沙盘上，深山藏古刹，幽深静雅的修行之地，如今都成了游客们烧香拜佛的目的地，即便是藏起来的也都很显要了。

不过，若是到了峨眉，想在人迹罕至的地方安安静静地看看山，听听水，感触树叶从风中飘落，或者凉凉的雨滴滴在额头，或者火盆中的炭火烧焦了你烤的花生，就需要找一个山里的院子，一个上午？一个下午？要不，就半个晚上吧，火炉上的茶壶冒着水汽，木桌子上的蜡梅花散发着特有的清香，这个时候，杜耒的诗："寒夜客来茶当酒，竹炉汤沸火初红。寻常一样窗前月，才有梅花便不同"，写出了今人古人的对话和情感，原来情境相同的时候竟然有相似的美好。

这样的地方是有的，只不过，峨眉山的沙盘中找不到它们，它们藏起来了，深山幽林，山中石径，古村老屋，沿河而筑，一方院落，几株古树，泉水傍依，竹篱稀疏，似乎是世外，却又是现代人魂牵梦萦的地方，便是山里的小院。

说到山里的小院，从陶渊明的《归园田居》"暧暧远人村，依依墟里烟。狗吠深巷中，鸡鸣桑树颠。"到王维的《辋川别业》"披衣倒屣且相见，相欢语笑衡门前。"似乎，田野归隐成了一种念想，"三千年读史，不外功名利禄；九万里悟道终归诗酒田园。"即便是今天，我的大学同学们，人到中年，小聚之时，还会聊一聊向往的田园小院。我还记得当时朋友很神往地说："要好好工作，将来，一定要在山里建一栋属于自己的小院，墙要厚，冬暖夏凉。房顶要用青瓦，下雨的时候，滴滴答答梦里听雨，天晴的时候，坐在檐下可看燕子啄泥。院子不大不小，能晒粮最好。院子中种上几株果树，春天花开满园香，夏日树下好乘凉，秋来落叶尽诗意，冬雪覆盖一年藏。"然后，他停顿一下："最好，养上两只狗，两只猫，才是有趣的归属。"

朋友对未来的憧憬我也很是向往，所以每一次去山里，我都会有意识无意识地瞄两眼山里人家的房子和院子，当然可以借口是帮同学看一看，总之，一直都怀揣着在山里"买房耕田"的梦想。

最近一段时间常常出差，不是高铁就是飞机，随手带的一本书是复旦大学中文系教授梁永安写的《梁永安：阅读、游历和爱情》。这本书中讨论的就是当下社会的发展态势和年轻人们的生活状态，他谈道："在历史上，人类有游牧民族的属性，又有海洋民族的属性，还有农业民族定居耕作的属性，自己到底是哪一种文明属性？"

当下的年轻人已经不像父辈那样，有着清晰的社会坐标参照，当即有的坐标已经失去的时候，面对多元化的世界，多少会陷入一种迷惑。"他们的生存方式、劳动方式是农业民族定居式的，要风调雨顺，具有因果逻辑的直接性，延续的是农业民族种瓜得瓜、种豆得豆的传统思维；但现在态势下的我们又有很多游牧民族的特点，需要我们'逐水草而居'，像找工作，大有这个特点；全球化阶段，我们又有海洋民族的特点，必须去探索、开拓，去乘风破浪。"

大城市买房的压力和快节奏的生活，有时候身处其中，太"卷"的日子真的会让人有喘不过气的感觉。记得一位朋友说面对年底要完成的项目，"自己独自在路边哭了一场"，然后照样再次蹦入这个滚滚拼打的世界。尤其是80后的一代人，少年的日子是小院篱笆，无忧无虑，那个时候算是农耕文明属性吧。青年的日子是到别的城市去，到北上广去读大学找工作，甚至是落户口，找个好的工作，真的有点像"逐水草而居"，谈不上故乡，人在哪里，家就在哪里，不是漂泊，而是扎根生存，算是游牧文明的属性；那么，80后的一代人如今人到中年，有的开始新的创业，有的换了领域，甚至再一次远航迎接新的挑战，也算是海洋文明的属性了。可是，大家心里依然有一个农家小院的梦想，是落叶归根的皈依？还是尘世喧嚣的躲避？

恰恰在峨眉山，普贤菩萨的道场，这个佛教熏陶的小城，无论是进山还是入城，都藏了各式各样的小院儿。夜深人静的时候，半醒半睡的时刻，我曾经想，是不是在今天这种忙碌而快节奏的城市生活中，人们对小院生活的向往与追求已经不仅仅是对田园生活简单的喜爱，更深层次的是，人们对自己心灵深处的审问和探寻，在探寻一种内心的安静和从容，甚至说是一种对城市生活纷繁复杂的解脱？

若是这样的话，小院生活的美学就成了这个时代人们对生活的一种美好寄托。那么，如果说佛家的寺庙是一种对信仰的寄托、对来世的向往，能不能说现代人的山中小院是对尘世的超然、对城市的逃离呢？

在峨眉山，心中有佛，心中也有山里的小院生活。

（一）"无有小院"谈"有无"

沿着峨眉山脚下的赶山河一路上行，路边多是翠竹和灌木丛，有的灌木丛上还挂着金黄色类似覆盆子的果子，摘下来尝一尝，酸酸甜甜，应该是峨眉山的猴子最喜欢的小零食。

赶山河的水清澈见底，偶尔会见到白鹭觅食，若白鹭是仙子的姿态，那么河水里休憩的鸭子则是当地"居民"，它们在告诉我们，已经到了半山的山村。

半山腰的山村，山路边是开阔的田野，一片平整的土地，这在山里是稀缺资源，村民们就依赖这一片田，春来油菜花，夏来稻花香。村口立着碑文，显示古村落已经有几百年的历史。古村落的房子，沿着山势，一层一层，错落有致，围绕着田野依山势而建。街边的房子门前则长着古老的蜡梅树，树上的蜡梅开得正盛，有的院墙上钻出一颗野蛮生长的大白菜，竟成别样的点缀。

我们要去的小院名叫"无有小院"，就听这名字，一般人也会生出些许好奇，大概是一般人也取不出这样的名字来。

过了半山腰，要上行两个山村，才到一处参天的古树下，古树下立着一块招牌，上面写着"无有小院"。

到了目的地，驻足远眺，原来此处是几座山峰环抱，从山里流出的山泉水汇聚到此处，哗哗作响，或许此处就是赶山河的源头了。

一座独立的古院落藏在此处的山林里，青瓦石墙，便是"无有小院"。

"无有小院"的老板姓秦，是我多年的好朋友。秦老板不是一般人，上大学的时候，还是同学少年，我们就已经尊称他为"秦老板"了。那个时候他一边读书，一边到长城上给老外做翻译，同学们平时下馆子，都是沾秦老板的光。秦老板可是我们学校第一个拥有传呼机、第一个拥有电脑、第一个拥有手机的青年学子呢。后来，秦老板索性开了一家自己的公司，业务早就做到了海外。

毕业后，各奔东西，很长一段时间没有联系，同学中全是秦老板的传说，有人说秦老板在做某个大明星的经纪人，有人说秦老板在山西做矿，也有人说秦老板早去非洲当了部落酋长。

听闻我们到了，秦老板早就在门口迎接了。如今，人到中年的秦老板鬓角稍微有点白发，或许是在山里经常锻炼，身材保持得很好，黑黑的脸膛，戴着一副无框眼镜，眼睛尤其发亮。虽说有一点点的风霜之感，可是那双发亮的眼睛还是当年的模样。

冬日里，虽说温度很低，但是小院就在几座山的怀抱中，加上午时的太阳，并不算太冷，于是就在院子中间的圆桌边坐下来，点一壶煮白茶，配上几碟干果茶点，准备散漫地远眺一下对面的山峰，还有小院平台下的树林。

当我问及，在这么深幽的山林里，何况是峨眉山的半山，藏在几座山峰间，虽然说是风景绝佳的好地方，多少也有点人迹罕至，就是很好奇，一个传说中的风云人物，现在怎么就突然来到蜀地，在峨眉山里开一座小院，卖茶，卖这难得的山林时光？

秦老板点了一支烟，让服务员把他的茶杯端过来，就打开了话匣子，似乎也打开了一段过往时光的追忆。他说，家乡也在华北平原，一马平川，小时候农村家中的堂屋挂了一副对联："明月松间照，清泉石上流"，总觉得这该是多么美好的意境，没见过山，没见过江，这纯粹就是一种想象。甚至也没有想过王维这首诗的前一句："空山新雨后，天气晚来秋"，后两句："竹喧归浣女，莲动下渔舟。随意春芳歇，王孙自可留。"到北京读大学的时候，才知道这句诗出自王维的《山居秋暝》，于是他和女朋友时常爬北京的香山，但是香山其实并不高，只不过秋意很浓，卧佛寺的松柏也很老，可山林的感觉总还是欠点儿。

王维的这句诗如同一颗种子，在他心中发芽，似乎故乡就是一个山山水水的故乡，"这或许就是余光中先生讲的文化乡愁吧。"

　　"是的，我也多少有这种感觉，以往回河南老家，总是有一点近乡情更怯的感觉，可是三年疫情过后，不知道怎么回事，这次回老家，竟然一点感觉都没有，我才明白，原来蜀地已经变成了故乡，也或许是蜀地给我提供了一种文化心理上的归属感，尤其是蜀地的山水田园。"我把自己的感受也脱口而出。

　　秦老板说，毕业后在体制内待过，其中的酸甜苦辣也是经历颇多。他在原单位干的风生水起的时候，被单位的书记和副书记狠狠打压。没办法，谁让他碰到了嫉贤妒能的武大郎，庆幸善恶因果，人在做，天在看，中央抓腐败分子，原单位的"这俩货"都进监狱了。

　　当时，老秦默默地转发了纪委的公告，有知情的朋友就在老秦的朋友圈下留言："没有放鞭炮么？"老秦会心地一笑："没有，只是开了一瓶2012年的五粮液。"我记得老秦是2012年人才引进到他那个单位的。老秦有一次曾经和我聊到他们原单位的乱象，"如同《人民的名义》里一样，原单位的那货，就差把他们村的狗弄过来当警犬了"。

　　后来老秦做企业，虽然辛苦，却也乐在其中。他自嘲说："时间上的自由，那种感觉，是人到中年之后才明白的奢侈。"在这个过程中，名利追逐，物质享受，也都陆陆续续在经历，他也努力的停下来，可是却总是停不下来。毕竟，对利润的追逐本身就是一种独特的快感。虽说也做过经纪人，去过非洲，但也不像同学们传说的那个样子"当上什么部落酋长"。

"直到出差西北遇到一场大雪，才真正改变了我对生命的感悟，才有了这家'无有小院'。当时，我差点挂了，如果真的挂了，咱们两个也不会坐这儿神吹了。估计，同学群里又有新的传说了。"他哈哈一笑，虽说轻松，没有经历的人，只当是一个笑话、一个故事来听了。

我脑海里立即浮现出很多的电影和电视剧中的桥段来，里面的人物在要挂掉的那一刹那，开始了各种浮想联翩，甚至可以在要挂掉的刹那能够塞进去四五集的新内容。

顺口问道："当时，你都想到什么呢？"

老秦瞪大眼睛看着我："生死关头想到啥？嘿嘿，您以为是影视剧中人物？你以为，是咱们母校编剧老师教的那样？"然后，他抽了一口烟，缓缓吐出来，悠悠地说："其实，那一刹那只有求生欲，就想活着，过一道鬼门关，啥都不可能想。想这想那，都是活过来事后的事儿了。不过，这一次也的确明白了新闻上很多中年人突然猝死的危险了。"

前些年的一个冬天，老秦出差到西部某边境城市，当地朋友欢迎他说："瑞雪迎贵人。"一场大雪纷纷扬扬地下了两天两夜。雪停的时候，一脚踏进去，有膝盖那么深，路边的车辆都已经穿上了白色的羽绒服，"肿"得像动画中的小汽车一样，憨憨的，胖胖的，白白的。路上的松树都变成了天然的圣诞树，连桥头的石狮子也戴上了厚厚的高帽子，行人们则是迈着企鹅的步子，"嘎吱嘎吱"，小心谨慎地防止滑倒。整个城市的扫雪车都出动了，被清扫的雪堆在街道两边，形成了两堵又高又厚的雪墙。

老秦描述这雪景的时候，我内心很是羡慕，当然，自己老家小时候也有如此的雪景，只是已经远去在记忆中了。老秦还说，当时他也很高兴，就和同去的朋友们拍了很多的照片和视频，他们还在雪地中打了几个滚儿呢。

这座城市靠天吃饭，资源丰富，既然老天恩赐了优质的大雪，那就建了很多的滑雪场，初级道、高级道，应有尽有，加上山水秀美，各地专程来滑雪的人络绎不绝，很多人索性在当地买了房子，好好享受这座小城四时的美景。老秦和同去的朋友老黄还在当地干部的陪同下专门去雪场看了，时间太紧就没有滑雪。两个人倒是在雪地里滚了几下，算是滑雪场打卡了。

出差三天，每天都是早上七八点就起床，一个会议接着一个会议，中午吃饭之后继续，没有休息，甚至晚上加班到两三点钟，这样的工作节奏，连续三个晚上熬夜。

大雪稍停，当天早上起床，老秦和老黄在酒店用过早餐，看到大雪覆盖的世界，房屋和树木都在厚厚的洁白的积雪之下，两个人就在没有被人踩过的厚雪中躺着拍照，大雪简直就是童心最好的召唤，整个人伸展开躺在雪地里，呈现出来就是一个"大"字。老秦自己还专门拍摄了几张雪林冰溪的风景照，打算做自己新的一年的散文集的封面，他很骄傲地给老黄分享说："我去年的一本散文集的封面，就是我自己拍摄的。"

拍照过瘾之后，老黄感慨说："我家是东北佳木斯的，小时候的大雪跟这儿一样，只要一下雪，老师就要求学生带着铁锹上学，铲雪啊。""对啊，我们小时候也一样，那时候的教育才是对的，孩子们就是要劳动啊，既能锻炼身体，又能亲近大自然。"一下子，老秦的劲头就来了，就想动手堆雪人。

正好迎面碰到两个酒店的服务员，拿着大号的塑料铲雪锹和扫帚出来扫雪，看来和老家一样，雪后的扫雪都是责任田，各扫门前雪嘛。于是，老秦和老黄两个人主动招呼，也拿了雪铲和扫帚，尽情地帮服务员铲雪扫雪。堆雪人的童心只能收起来，过一把扫雪的瘾也知足了。

一边扫雪，一边聊天，老秦越干越带劲儿，把路中间的雪都铲到了路两边，自己身上也热乎了。老秦干着干着，劲头用得越来越足，动作也越来越快，突然间，心跳加速，胸口突突地蹦，感觉大脑缺氧，呼吸急促起来，瞬间，扶着雪铲不敢动了。

老秦这个时候明白，心脏受不了了，他自己一动也不敢动，在想，是不是需要急救，整个人都在集中调动生命力来应付这场突然来的生死关。

旁边的人一直在扫雪，没有注意，老黄也以为老秦是在揉眼睛，就过来问了一下："怎么了，老秦？"

"别动我，别碰我，"老秦努力地说出几个字，没有太多的力气，同时提醒自己，少说话，节省力气。

"好，好，你先缓一缓。"老黄知道严重性了，就安安静静地在旁边站着，守着。最后轻声地问一句："兄弟，要不要叫救护车？"

"先不说话，让我缓缓。"老秦说了一句。

大约三到五分钟吧，老秦在经历这煎熬的几分钟时间内，大脑就一个想法，平稳平稳，过了这一关，终于，心脏开始平稳下来，整个身体才感觉属于自己了。

老秦把手搭在老黄的肩头，说："慢慢地走走吧。"

讲到这儿，我也被惊吓得张大嘴巴，老秦给我倒了一杯茶，就说，事后想起来，都是后怕啊，真的是"劫后余生，心有余悸"。

几位朋友知道后，打趣说："秦老板这是去阎王那里，如同孙悟空一样，把自己的名字给删了哈，以后，你可以做这个领域的生意了，专门负责帮人删名字。"老秦就说："现在删帖子都不行，你们还想删名字，孙悟空也办不到。"

"走一趟鬼门关，经历了生死，人就活明白了。人要是没了，这个世界就和你一点关系也没有，也就没有什么必须要在意，没有什么放不下的了。凡尘中追逐的那些东西，在生死面前，屁都不是。"老秦就从众多的业务中抽身出来，选在峨眉山的半山古村里，寻了一处老宅院，将一座百年老屋改造成了一个小院子，藏在山林深处，有雨有雪有暖阳，有林有泉有翠竹。

自己动手砌石墙，自己动手编篱笆，自己动手种花草，自己动手养猫养狗，不仅有了"采菊东篱下，悠然见南山"的诗意，最主要的是把是把身体搞好了。

"咱们啊，都是俗人，红尘啊，名利啊，是不是好东西？车子房子没有，咱们去努力，有了，也就这样。名啊利啊没有，咱们去争取，有了，还能咋样？前半生的拼打，都是为一个'有'字，没有似乎是一种缺失，可是有了又能咋样？很明显，这是活给别人看嘛！"老秦的这一句话不就是庸庸众生的一副劳碌图画么？

"何况，咱们的眼睛虽然长在自己的身上，可是那眼睛都是看着别人呢，似乎别人的说法才是一种衡量的标准，而我们很不幸的是，就生活在这样标准中。"老秦讲到这一段的时候，我想起一句话苏东坡的词句："长恨此身非我有，何时忘却营营？夜阑风静縠纹平。小舟从此逝，江海寄余生。"

"可是呢，人要是没了呢？还有意义么？所以啊，人到中年，我们突然发现，人活着其实最重要的不是有，而是无，你看，'无忧无虑，无病无灾，无争无扰'，是不是人们最期望的生活状态？要说幸福，'无'才是幸福的精髓啊。人们到头来，无牵无挂，才是轻松。"老秦把所想所悟讲给我听的，我咋就觉得，他讲的就是我的生活，我的状态，我的经历，或许，我本就是凡尘中的一分子，老秦的感悟，可能就是大多数人的状态。

如果说，我原来看当下职场中人们对小院子的追求，以为是一种"文化归隐"的文化基因，正如，历史上，无论是庙堂还是江湖，都要经历一番建功立业，然后就是功成身退。

老秦所讲的已经不仅仅是"文化归隐"了，我倒是觉得他有一种自我救赎的感觉，更是一种对当下社会流行价值的抗争：当资本的力量无比强大，可以席卷一切的时候，他不想被裹挟，他想给自己争取一份乡村的宁静，想将长在自己身上的眼睛，来回观自己的生活。

《道德经》上有一段："天下万物生于有，有生于无。"估计，老秦就是从这一句中取得小院的名字——无有小院，虽然他没有说，我估计是的。

百年老屋的宁静，山涧水的叮咚，身处其中，这个下午的时光有被拉长了的感觉，木桌子旁的蒲垫子上，一只橘色大猫咪摆了一个夸张的动作在睡觉：肥肥的大肚子挺着，两只前爪伸展在脑袋的上方，两只后腿也轻松的伸展，就如同一个人睡懒觉时候的伸懒腰。

无有小院，橘猫可以睡个放肆的好觉，不被打扰，老秦也一样，给了自己一个救赎的时空，不被世俗打扰。

我下山的时候，似乎是在"有"和"无"两个字的回响中穿行。

（二）朴散小院的年轻人

杭州灵隐寺有一副对联："人生哪能多如意，万事但求半称心"，读起来颇有哲理，尤其是经历了世事变迁的人们。

巧的是，在峨眉山半山腰的朴散小院也看到了这句话。

在峨眉山的半山腰，过一条不知名的溪水桥，山行几百米，就到了稀少的几户山里人家，路标有指示："朴散小院，前行一百米。"

在一棵巨大的古树下，竹篱笆的院子便是朴散小院。而朴散小院几乎就是在这棵几百年的楠木遮蔽下建成的，低矮的民居墙上用毛笔写的两行大字："人生哪能多如意，万事但求半称心。"我看到这两行大字，就觉得山里小院的境界和精髓一下子就呈现出来了。

古楠树下是一小片平整的空地，小方木桌子恰当地放置在树下，四把木椅子都是原木做的，不过用的人多，竟然也被磨得光滑圆润，树下一坐，果真是隐蔽遮雨又遮阳。尤其是坐在古树下，会自然生出一份敬慕感，任你是多大年纪，在古树下都是孩童的状态。

如果说"无有小院"的老板老秦，人到中年，饱经风霜，建一座小院，自我救赎，那么，这家"朴散小院"的老板，小周，可是风华正茂，小伙子人长得精瘦精瘦的，看样子才刚刚毕业没几年，怎么也想起来作个小院？难道是创业的原因么？

想想墙上的对联，还有这院子的环境，看着面前的年轻人，就在琢磨这是不是另一种"佛系"的解读呢？

当小周老板得知我们在大学工作，很热情地给我们加了炭火，说："山里飘冬雨，有寒气，各位老师，可以喝点热茶，驱寒暖胃。"

小周也就很自然地和我们友好地聊起来。他说，若是按照世俗的眼光来看，他算是一个北上广的逃离者。自己在上海名校读书，研究生毕业后，父老乡亲的支撑，咋可能买得起房子？自己身边的同学同事倒是有留下来的，贷款买了房子，日子过得当然很紧张。

"那种日子，不是我想要的生活，我想要的不是压力下的生活，是舒展的生活，是有生命的生活。"小周索性回了老家，来到峨眉山的半山，寻了一处老宅院，种果树，种茶叶，卖腊肉，经营院子。现在朴散小院已经是需要电话预定才能来的院子呢。

"说起来，按照当下的价值观，我可能是失败者，因为，我没有按照所谓的主流——大城市读书、大城市买房、大城市落户、大城市工作——来衡量自己的人生，我选择了三线之外的小城市，我选择的不是所谓的光鲜的工作——互联网大厂、国企、公务员——我选择了自己喜欢的工作。"小周说，喜欢山里有草木味儿的清新的空气，喜欢树枝草叶上挂着的透亮的晨露，喜欢小溪中五颜六色的鹅卵石，喜欢村子里各式各样大狗小狗黑狗黄狗相互追随，一群狗狗自由的晃来晃去的感觉。

特别是早晨醒来的时候，被山村邻居家的鸡叫醒，太阳的光芒可以透过老屋的窗子投射进来，照在脸上，起身穿衣，一身元气去工作，内心就觉得再也没有比现在更有趣的工作了。大城市里的堵车、饭局和深夜的流光溢彩，似乎并不能让人心更宁静更富足，每一次回来都是满身的疲惫与空虚，就常常问自己这世界难道就是这样的无趣？

"可是，那是世俗的眼光，我们要活在自己的价值体系中，因为别人不能代替我们生活，你的选择恰恰是很了不起，很有智慧的，小伙子。你的勇气，让很多人都自惭形秽。"我发自己内心地羡慕小周的生活和小周的抉择。

梁永安在《梁永安：阅读、游历和爱情》一书中写道："一个人最可悲的就是一辈子没有生活过，一辈子都在追逐生活的条件，要挣钱、要大房子，虽然最终得到了，一辈子的时间也过去了。"这一段文字，在我看完这本书之后，久久挥之不去，不断地冲撞我日常的生活状态，不断地让我问自己："我是不是在追逐生活的条件，我是不是没有生活过？"

小周的回归，回归大山、回归土地、回归自然、回归耕耘，是对城市文明的一种反思、一种解脱，更是对资本主导的经济方式和生活方式的另一种选择，另一种可能的探索。乡村也是一种文明，乡村更是一种生活。

老宅虽然是砖石建筑，但是内部设施已经和城市没有任何差别，所有的电器均已安装，而院子的竹林、桂花、猫咪，还有远山、云雾、山风，却是城市中不具备的，当清新的空气涤荡心胸的时候，多多少少会对城市中呼吸汽车尾气的状态生出一份怜悯来，顿觉生活在山林的人才是真的富贵，真的福分。

人生活在这个星球上，大自然的土地和山林才是人类赖以生存的身心环境，陶渊明的"采菊东篱下，悠然见南山"才会自古至今都能唤起共鸣，而水泥森林的城市是与土地相隔离的，乡村才是在土地中生长出来的。小周虽然是北上广的逃离者，却是当代生活的前行者和探索者。

　　小朋友看大人们喝咖啡，就自己也点了水果茶。

　　朴散的水果茶，看上去五彩缤纷，块儿状的水果颗粒，透过玻璃杯可以很清晰地看出是什么种类的水果。喝一口呢？微甜微酸，瞬间，不仅舒服了口舌，还让肠胃都暖暖的，感受到了被呵护被照顾的天然口味。

　　当我们很惊奇地问小周是如何做的这份水果茶的配料？有没有什么特殊的配料和秘诀？

　　小周就和我们聊起来：朴散的初衷就是山林自然，纯天然的院子，纯天然的餐食，纯天然的饮品。在茶水的制作上也很是考究。比如说，女士和小朋友来的话，就喜欢点一些水果茶。

　　城市的连锁店也主推水果茶，因为有的人不喝咖啡，不喝奶茶，就会选择水果茶，不过呢，很多果茶店还是要放一些调料的，比如冰糖，因为要兼顾成本和口感，多多少少还是会加点糖分。

　　要知道，现代人吃的喝的含糖量高，加上城市生活，运动少，坐得多，很多人年纪轻轻就患有糖尿病，后续的各种问题都来了。大家都说"管住嘴，迈开腿"，可是资本的力量，为了利益，紧紧地抓住人性的弱点，很多食物的配料以销售为导向，而不是以健康为驱动，哪有乡野材质的健康呢？至于工作，对于钱的追逐几乎让人都活成了流水线上的机器，熬夜加班几乎成了常态，运动健身似乎成了一种奢侈。

今天端上来的一壶水果茶，从制作过程来说就简单得不能再简单了：

山泉水倒入锅中，煮沸，然后放入切成碎块儿状的胡萝卜，随着山泉水翻滚，胡萝卜的香气出来之后，就倒入去皮切成碎块儿的雪梨。大约五分钟后，雪梨汁水和泉水相融合，锅里的水已经变甜，这是冬天的胡萝卜和雪梨共同的甜味，香而不腻。同时，水中的颜色也是白里透红，煞是好看。继而选上等的红茶，捏一小撮撒入锅中，一锅茶香很快就出来了，同时茶汤的颜色也就淡淡地形成了。最后，放入一瓣一瓣已经剥去皮的柑橘，不多久就随着汤水翻滚开来，柑橘瓣漂浮在水面上。如果说胡萝卜和雪梨是微甜的味道，那么柑橘则是微酸。

一锅山泉水煮出来的多种果茶端上来了，对味蕾简直就是一种奖赏。若是从原材料的角度来说，胡萝卜、雪梨、柑橘都是后山上自家果园种植的，就连红茶也是本地产的古树红茶。

我端起茶杯，尝一口，唇齿留香，不过听了老板这样介绍自己的水果茶，反而感觉这茶一点儿都不简单，天地元气汇于一壶。

小朋友高兴地说，给这个水果茶起一个好听的名字："狐狸橘红茶"。我一听"狐狸？"小朋友解释说："胡，是胡萝卜，梨，是雪梨，橘，是柑橘，所以是'胡梨橘红水果茶'。"

"哈哈，童言最纯真，这个名字好，以后，这款茶就叫这个名了哈。"众人都觉得孩子起的这个名字才是最天然的。

不觉然，夜幕降临，山里飘起了小雨，茫茫的，润润的，接我们的司机在山路口等着，我们上车之后，山雾更浓，司机开得很慢，就和我们聊起刚才的朴散小院，说是最近来的人很多，说明大家都很喜欢这种风格。

"这条山路，往村子里面去有一块儿野温泉，是地道的从山里石头缝里冒出来的温泉哦，还热腾腾地冒着烟儿呢，好像村民们要收5块钱，每个人可以泡一泡脚，你们泡没有呢？"司机提到的野温泉看来的确是诱人的。

我想，下次一定去泡一泡，这次就不要觉得遗憾。"人生哪能多如意，万事但求半称心。"

后记

　　从《人生忽如寄》到《偷来的时光》，朋友们一边读，一边还会和我探讨，他们有一次问我："能不能给当下的生活写一本书，写一本能够让生活安静从容的书？"

　　这可是一个问题，尤其是当下的生活节奏，大家都忙，忙得行色匆匆，忙得你追我赶，忙得喘不过气，忙的忙的，甚至不自觉被社会洪流所裹挟。如何才能让生活安静从容呢？

　　蒋勋在《品味四讲》中给了我答案，他说："我们并不需要一本讲人生格言的书，或是沉重的哲学书，或者是很严肃的宗教仪式来让自己快乐。我觉得，快乐可不可能建立在一些点点滴滴的生活小细节上？如果你选一个很好的瓷杯去泡一杯茶，放进一片薄荷叶子，这个过程本身会让你快乐起来。所以生活美学有时候比宗教、哲学都还重要。"

　　关注生活的细节，身心与自然环境的融入，其实正是我们传统文化中的价值传承，"采菊东篱下，悠然见南山"，没有东篱下的采菊，也就没有南山下的悠然，心境心境，境与心从来都是互动共生的。正如，很多人都喜欢去赶集，喜欢逛菜市，那里有人间鲜活的烟火，那里有生活遍尝的味道。

今年三月，我在雪山下的小城小住，就经常去赶集，四川人叫"赶场"，看到农人们背着竹篓，戴着斗笠，把新鲜的折耳根、春笋和土鸡蛋等农家土货和菜蔬摆在地摊上来卖，而我则是心气充盈，欣欣不已，如同穿行在仙林之中，就把所见写下："春雨中赶早集，泥土的气息，是新鲜的气息，一犁春雨，一顶斗笠。地摊摊上卖的都是好东西，从东集到西集，自家种菜自己卖，背篓空了回家去，采春茶，挖春笋，明日春雨里，又来赶早集。"乡村的泥土气息，因其对人的滋养与舒缓，不正是给了城市中奔波的人们一个生命元气消耗的喘息？如此看来，泥土的气息恰恰是生命的灵气与仙气。

《小院桂花落》便是一本当下尝试书写生活的书，字里行间，点点滴滴，皆是人间体察，皆是山水灵气，然亦有不足之处，庆幸得首都经济贸易大学出版社赵杰老师和彭伽佳老师的专业编辑与精心设计，呈现给大众，对赵杰老师和彭伽佳老师的专业表达感谢，是为记。

2024 年 3 月 16 日 于成都